비
마

베마

이희영
장편소설

위즈덤하우스

차례

풍요의 땅

1.

바람이 불어온다. 손끝의 감촉이 길을 알려 준다. 잠시 호흡을 멈추고 가볍게 손목을 튕겼다. 단도가 허공을 가르며 날아갔다. 과녁에 닿기 전 느낌으로 알 수 있다. 칼의 최종 목적지가 어디인지. 귓가에 딱 소리가 들려왔다. 과녁 정중앙에 단도가 꽂혔다.

공기를 느낀 후 길을 알려 주기. 눈에 의지하지 말고 어깨에 힘 빼기. 칼이 공기를 타고 날아갈 수 있도록 살짝 밀기. 손목의 짧고 가벼운 반동, 이것이 단도를 목표물에 맞히는 방법이다. 베아는 지금 그 가르침대로 칼을 던졌고 결과는 예상대로였다.

"살살 좀 해라. 오늘 같은 날까지 꼭 이래야겠냐?"

등 뒤에서 익숙한 목소리가 들려왔다. 베아가 몸을 돌린 곳에 타이가 있었다. 자박자박 발소리가 가까워졌다.

"오늘 같은 날이 뭔데?"

베아의 음성이 과녁에 꽂힌 단도처럼 날카로웠다. 뾰족한 반응은 혹여 복잡한 생각 때문이 아닐까. 머릿속이 힘껏 잡아당긴 활시위처럼 팽팽했다.

"봄 여신 배웅하는 날이잖아."

타이가 터벅터벅 과녁을 향해 걸어갔다.

"좋지, 봄 여신 축제."

베아가 짧은 탄식을 섞어 내뱉었다.

계절이 바뀔 때면 마을은 축제 준비로 들썩였다. 봄은 꽃의 여신을, 여름은 과일의 여신을, 가을은 곡식의 여신을, 마지막 겨울은 눈의 여신을 배웅했다. 계절이 서로를 향해 손을 흔들 때면 부족민들은 한자리에 모여 한바탕 왁자지껄한 축제를 벌였다. 사계의 여신에게 감사와 안녕을 전하는 건, 비스족의 오랜 전통이다.

"오늘은 축제야. 칼은 고기 썰 때나 필요하다고."

타이가 과녁에 박힌 단도를 뽑으며 구시렁거렸다.

"그러니까 너도……."

돌아서던 커다란 몸이 그 자리에 굳어 버렸다. 베아가 던진 칼이 타이의 귓가를 아슬아슬하게 스치고, 딱 소리만이 조용한 숲을 울렸다. 또 하나의 단도가 과녁에 박혔다.

"뭐냐?"

타이가 물었다.

"미안, 손이 미끄러졌네?"

베아가 항복하듯 두 손을 들어 보였다.

"손이 안 미끄러졌다면 과녁이 아닌 다른 게 뚫렸겠는데?"

"뭐, 갑자기 너한테 갚아야 할 빚도 생각나고 해서 겸사겸사."

타이의 호박색 두 눈이 서늘하게 빛났다. 그러나 오래가지 못했다. 녀석은 언제나처럼 베아를 향해 싱긋이 웃었다. 저 짓궂은 미소는 계절의 여신들이 수십 번 찾아올 동안에도 늘 변함없었다.

"에이, 겨우 이 정도로?"

"다음번에는 나머지도 갚도록 노력할게."

베아가 손끝으로 톡톡 눈 밑을 건드렸다. 타이가 가까이 다가와 단도를 건넸다. 칼자루는 언제나처럼 베아 쪽으로 향했다.

"네가 쿤이 되는 날, 나는 곧바로 처형되는 건가?"

'쿤'이라는 말이 뾰족하게 귓속을 파고들었다. 베아가 말없이 단도를 칼집에 넣었다. 쿤은 비스족을 다스리는 최고 존엄인 왕을 뜻했다. 지금 쿤은 부르인이다. 그녀의 딸인 베아가 비스족의 새로운 쿤이 되는 건 어쩌면 자연스러운 과정인지도 몰랐다. 적어도 부족민들 눈에는 그렇게 보일 것이다. 오직 그 목적으로 부르인은 베아를 딸로 맞이했다.

"아무리 쿤이라도 전사의 수장인 솔을 함부로 대할 수는 없어."

"하지만 솔은 쿤의 명령에 절대복종하지."

'솔'은 쿤을 보호하며 타 부족의 공격으로부터 비스족을 지킨다. 비스족의 모든 전사를 지휘할 수 있는 막강한 권력을 지닌 통솔자. 지금 그 위치에 있는 자는 화이거, 바로 타이의 아버지다.

"그리고 한 가지 더. 나는 네가 아니거든? 너처럼 선택받지 못했어."

타이가 허리를 숙여 바닥에 굴러다니는 돌멩이 하나를 집어 들었다.

"아마 새로운 솔은 내가 아니라……."

그가 손에 쥔 돌멩이를 던지자 곧바로 날아간 돌이 과녁 정가운데를 때렸다. 칼날보다 둔탁하고 묵직한 소리가 숲을 울렸다. 나뭇가지에 앉아 있던 새가 날개를 퍼덕였다.

"울피가 되겠지."

타이의 호박색 눈이 날아가는 새를 쫓았다. 햇빛에 반사된 눈동자가 황금처럼 반짝였다.

"설마……."

베아는 말을 멈추고 입술을 잘근거렸다. 차라리 입을 열지 말 것을, 이렇듯 자신 없는 목소리는 오히려 타이에게 상처가 될 뿐이다.

비스족의 왕은 절대 결혼하지 않는다. 그러니 쿤의 계보는 절대 혈연이 될 수 없다. 그렇기에 자신의 후계자가 될 아이를 직접 선택해야 했다. 후계자 선택의 정확한 기준이 무엇인지는 누구도 알지 못한다. 모든 것은 오직 쿤만이 알 수 있다.

오래전 부족 전체에 무서운 전염병이 번졌다. 하루에도 몇 명씩 죽어 나가던 암흑의 시절에는 그 어떤 약과 약초로도 병마를 막을 수 없었다. 보이지 않는 사신은 베아 부모님의 생명도 무참히 거두어 갔다. 전염병을 퍼트린 사신에게 자비와 은혜란 없었다.

하루아침에 부모를 잃은 베아는 쿤의 선택과 솔의 동의, 원로

원의 회의를 거쳐 정식으로 부르인의 딸이 되었다. 베아의 나이 고작 세 살 때의 일이었다. 비록 쿤과 피를 나눈 사이는 아니지만, 베아에게 어머니는 오직 비스족의 왕 부르인뿐이었다. 하지만 베아는 여전히 이해할 수 없었다. 전염병으로 부모를 잃은 아이들은 비단 혼자만이 아닌데, 대체 왜 나일까? 자문해도 명확한 답을 찾지 못했다.

"왜 저였죠?"

언젠가 베아가 물었다.

"네 눈이 마음에 들어서."

그것이 쿤의 한마디였다. 베아는 순간 명확히 읽을 수 있었다. 빙긋이 웃는 어머니의 눈에 서린 따뜻한 빛을.

만약 가까운 미래에 비스족의 쿤이 된다면, 그때는 어머니의 뜻을 알 수 있을까? 분명 그럴 거라 베아는 믿고 싶었다.

쿤을 제외한 비스족 대부분은 결혼하여 가정을 꾸렸다. 베아와 달리 타이는 솔 화이거와 생물학적 부자 관계이다. 타이의 빛나는 호박색 눈동자는 화이거에게 물려받았다. 하지만 아버지가 전사의 수장이라고 해서 아들이 그 자리에 쉽게 오를 수는 없다.

비스족에게 부모가 누구인지는 중요하지 않았다. 각자의 고유한 능력과 힘으로 미래를 설계하니까. 물론 대를 이어 가업을 물려받는 경우도 있지만, 그럴 때일수록 무엇보다 실력이 뒷받침되어야 했다.

"하긴 솔은 내가 되는 것보다 올피 그 자식이 더 어울리겠다.

솔은 어떤 경우에도 목숨을 걸고 쿤을 지켜야 하잖아? 나는 오히려 네 뒤에 숨을지 몰라."

타이가 히죽 웃고는 깍지 긴 두 손을 머리 위에 얹었다.

"잊었어? 솔의 임무는 쿤이 아니라 비스족 전체를 지키는 거야. 내 몸은 내가 건사해."

베아가 단호한 표정으로 힘주어 말했다.

자신의 주군을 위해 기꺼이 목숨을 바치는 자는 솔이다. 그러나 비스족을 위해 기쁘게 불길로 뛰어들 수 있는 존재가 바로 쿤이다. 그건 어머니의 가르침이자 베아의 신념이었다.

큰 이변이 없는 한, 베아는 머지않아 쿤이 될 것이다. 그러니 하루라도 훈련을 게을리할 수 없었다. 어머니의 선택이 옳았음을 반드시 증명해 보이고 싶으니까. 분명 타이도 마찬가지일 것이다. 그가 솔의 자리에 오르기 위해선, 지금의 수장에게 어떻게든 능력을 인정받아야 했다. 그 과정에서 아버지가 누구인지는 전혀 중요치 않았다. 아니 그렇기에 더더욱 남들보다 월등한 실력을 보여 줘야 했다.

"설마 모르는 건 아니지? 울피와 너의 차이를?"

베아의 말에 타이가 풋 웃고는 손끝으로 가슴을 가리켰다.

"야, 차라리 다시 단도를 던져라. 칼은 뽑아내고 약이라도 바를 수 있지. 말로 난도질당하는 건 정말 대책이 없거든."

"진짜 대책 없는 게 뭔 줄 알아?"

바보처럼 두 눈만 끔뻑이는 것을 보니, 타이는 정말 모르는 모양이었다. 베아가 설레설레 고개를 내저었다.

"자신의 문제를 알면서도 고치지 않는 거야."

막상 내뱉고 보니 베아는 짜증이 치솟았다. 미간이 일그러지며 눈 밑에 상처가 화끈거렸다.

"지금까지 울피는 내 머리카락 한 올도 건드리지 못했어. 그런데 넌⋯⋯."

베아가 돌연 허리춤에 꽂은 단도를 빼 들었다.

"나에게 잊을 수 없는 선물을 줬잖아?"

서늘한 칼끝이 겨냥한 곳은 타이의 목이었다.

"돌려주고 싶으면 얼마든지."

타이가 싱긋이 웃으며 두 손을 들어 보였다. 봄 햇볕처럼 따뜻하고 여름 바람처럼 청량한 미소였다.

부르인의 선택을 받은 그날 이후 베아가 눈을 돌린 곳에는 언제나 타이가 있었다. 두 꼬마는 함께 숲에 들어가 다람쥐를 쫓았고 목검으로 대련을 했다. 시간은 과녁으로 날아가는 단검처럼 무섭도록 빨리 흘렀다.

'베아! 인사해, 타이야.'

성큼 다가가는 베아와 달리, 타이는 놀란 토끼처럼 제 아버지 뒤에 몸을 숨겼다.

'괜찮아. 너랑 동갑이야. 앞으로 함께할 날이 많을 거다.'

타이는 정말 작은 아이였다. 태산 같은 화이거 뒤에 숨으니 더욱 그랬다. 아버지 손에 이끌려 앞으로 나온 타이는 잔뜩 겁먹은 얼굴로 커다란 호박색 두 눈만 끔뻑였다.

'나…… 나는 타…… 타이야.'

작고 귀여운 꼬마가 더듬더듬 말을 이었다.

'나는 베아. 반가워.'

베아가 불쑥 손을 내밀었다. 그 모습에 타이가 어른들의 눈치를 살폈다.

'너도 인사해야지, 타이.'

화이거가 괜찮다는 듯 고개를 끄덕였다. 타이가 조심스럽게 베아의 손을 맞잡았다.

'손 되게 작다.'

작은 게 어디 손뿐이었을까. 키와 몸, 팔다리까지 모두 작고 가늘었다. 조막만 한 얼굴에 황금빛 두 눈만 가득했으니까. 그 작은 꼬맹이는 베아의 한 마디에 왈칵 울음을 터트리고는 도망치듯 다시 화이거 뒤에 숨어 버렸다. 그것이 다섯 살 두 꼬마의 첫 만남이었다. 그로부터 무려 십이 년이 흘렀다.

"쿤의 후계자라면 단번에 고통 없이 끝낼 수 있잖습니까."

베아보다 머리 하나는 작았던 타이였다. 그런데 어느덧 그녀를 굽어보고 있었다. 목검조차 무서워하던 꼬마였고 숲에서 토끼만 나와도 줄행랑치던 겁쟁이였다. 그런데 그 작고 귀여운 타이는 완전히 사라지고 어느 틈에 커다란 덩치를 가진 능글능글한 소년이 되어 눈앞에 서 있었다.

"죽일 때 죽이더라도, 오늘은 축제니까 봐줘라."

"그동안 대체 너에게 무슨 일이 일어난 거야?"

베아가 쳇 소리와 함께 칼을 거두며 말했다. 타이는 이제 화이거와 함께 있어도 전혀 밀리지 않았다. 오히려 훨씬 더 강인하고 아름다워 보였다. 그에겐 화이거가 잃어버린 젊음이 있으니까.

"나 여전히 귀엽지 않아?"

타이가 황금빛 두 눈을 깜빡이며 말했다.

"그만해라. 진짜 귀 없어지기 싫으면."

베아가 나직이 욕설을 하며 타이를 노려보았다.

"너 무조건 솔이 돼라. 나를 이렇게 만든 자식이 최소한 솔의 위치에는 올라야지."

"최소한? 말이 쉽다. 그래, 너는 이미 쿤이라 이거지?"

타이가 입술을 뒤틀며 빈정거렸다. 베아가 빠드득 어금니를 사리물었다. 아무렇게나 뒤엉킨 생각들이 또다시 과거의 한날로 되짚어갔다.

비스족은 전사들의 부족이다. 강인하고 용맹하며 두려움을 모른다. 걸음마를 뗀 아이들이 가장 먼저 손에 쥐는 건 목검이다. 씨름과 나무 타기는 기본이요, 높은 절벽에서 강으로 거침없이 뛰어내렸다. 활을 쏘고 투석기를 만들며 친구들과 협심해 동물을 사냥했다. 그것이 비스족의 본능이었다. 격투 놀이를 하며 공격과 방어를 배우고, 극한의 상황에서도 살아남을 수 있는 생존 능력을 길렀다. 그렇게 자란 아이 중 강한 소수의 몇 명만이 비스족을 지키는 전사 계급이 될 수 있었다.

전사가 되는 일은 비스족 아이들에게 가장 큰 영광이지만, 그 소수에 드는 길은 절대 단순하지 않았다.

전사가 되기 위해선 강한 신체 조건을 기반으로 정신과 육체를 단련시키는 고된 훈련을 받아야 한다. 그 혹독한 과정을 통과한 일부만이 솔의 아이들로 최종 선발된다. 그중 가장 강하고 통솔력이 뛰어난 단 한 명이 솔의 계승자가 될 수 있다.

이 과정에서 무엇보다 우선시되는 건 바로 전사들의 수장, 솔의 선택이었다. 큰 이변이 없는 한 쿤마저 솔의 결정을 크게 문제 삼지 않았다. 결국 아이들에게 가장 중요한 것은 솔의 눈에 띄는 것이다. 그렇게 모든 전사를 지휘할 수 있는 수장이 되면 막강한 권력과 함께 쿤을 가장 가까이에서 보필하는 비스족 이인자의 자리에 오른다.

베아와 타이, 울피는 모두 솔의 아이들로 선발되었다. 강인한 체력과 정신력이 지도자의 기본 자질이기에 베아는 쿤이 되기 위한 첫 번째 관문에 통과한 것이다. 베아를 제외한 솔의 후보자는 타이와 울피다. 이 둘의 장단점은 극명했다.

타이는 기본적인 체력부터 다른 아이들과 비교를 거부했다. 검술을 비롯해 격투까지 최고의 실력을 자랑했고 매해 치르는 시험 성적도 우수했다. 아이들은 모두 화이거의 대를 이어 타이가 솔이 되리라 믿었다. 하지만 언제부턴가 울피의 실력이 눈에 띄게 향상했다. 울피는 지구력과 통솔력이 뛰어났다. 훈련에 쉽게 싫증을 내고 때때로 아이들과 다툼을 벌이는 타이가 절대 갖지 못하는 능력이었다.

한 명의 전사로서 타이를 능가할 자는 없었다. 그러나 지도자의 위치라면 조금 다른 기준이 적용되었다. 누군가를 통솔하기 위해서는 검술보다 전술이, 무모한 용기보다는 냉정한 이성이, 싸움보다는 조율이 더 필요할 테니까. 무섭도록 냉철한 성격인 울피는 어떤 상황에서도 쉽게 감정을 드러내지 않았다. 사냥 훈련을 할 때도 울피가 선두에 서면 솔의 아이들은 일사불란하게 움직였다. 혼자서 멧돼지를 사냥하는 타이와 달리 울피는 아이들과 합심해 멧돼지를 잡았다. 누가 솔의 위치에 오를지는 여전히 미지수였다.

*

그 일은 베아의 열일곱 번째 생일에 일어났다. 대련장에 예고도 없이 부르인이 찾아왔고, 화이거가 그림자처럼 그 옆을 지켰다. 몇몇 전사들이 뒤를 따랐다.

대련장에 쿤과 솔이 등장하자 아이들이 눈에 띄게 긴장했다.

"오랜만에 실력 좀 볼까?"

쿤이 차분한 시선으로 딸을 내려다보았다. 솔은 베아의 상대로 울피를 지목했다. 하지만 쿤은 고개를 내저었다.

"타이가 좋겠네요."

일대일 대련이었다. 부르인은 솔의 아이들 중 가장 강한 타이를 선택했다. 베아가 깊게 호흡하며 두 주먹을 힘껏 움켜쥐었다. 타이는 베아조차 두려운 상대였다. 하지만 그 순간 쿤이 원하는 게 무엇인지 명확해지기 시작했다.

"어떡할까?"

타이가 커다란 몸을 숙여 귓가에 속삭였다. 비스족의 왕이 왜 예고도 없이 대련장을 찾았는지 알 수 없었다. 다만 쿤이자 어머니 앞에서 타이와 대련을 벌여야 했다. 애써 태연한 척해도 제멋대로 날뛰는 가슴이 진정되지 않았다.

"최선을 다해. 안 그러면 그 잘난 입을 영원히 다물게 해 줄 테니까."

베아가 나직이 으르렁거렸다. 혹여 후계자의 체면을 생각해 건성으로 덤빈다면 그때는 타이의 가슴에 진짜 단도를 날릴 예정이었다.

"쿤만 계신 게 아니야. 솔도 같이 오셨잖아."

네 녀석 체면이나 생각하라는 뜻이었다. 타이가 씨익 한쪽 입꼬리를 말아 올렸다.

"둘 중 하나는 제대로 망신당하겠는데?"

타이가 강한 건 인정했다. 그러나 직접 부딪혀 보기 전에는 선불리 결과를 예측할 수 없었다. 타이와 베아는 목검을 손에 쥐고 대련장 중앙으로 걸어 나왔다.

"잠깐만요."

쿤이 손을 들자 모든 사람의 시선이 그녀에게로 향했다.

"오늘은 목검 대신 진짜 검으로 하죠?"

그 한마디에 쥐를 풀어놓은 듯 대련장이 술렁거렸다. 베아와 타이도 모두 당혹감을 감추지 못했다. 곧 전사가 될 이들이지만, 아직 덜 여문 십 대들이었다. 물론 진짜 검으로 하는 훈련도 있었다. 상대는 통나무와 볏짚 그리고 허수아비였다. 실제 일대일로 겨루는 대련은 늘 목검을 사용했다.

"쿤, 아직 진짜 검으로 대련하기에는 어린……."

부르인이 손바닥을 내보이며 솔을 막아섰다.

"오늘이라도 타 부족에서 전쟁을 선포하면, 솔의 아이들에게 목검을 내줄 겁니까?"

"하지만 이건 어디까지나……."

"그럼 직접 물어보죠."

단상에 앉아 있던 쿤이 몸을 일으켰다. 그녀의 암갈색 눈동자가 두 아이를 굽어보았다.

"진짜 검으로 할 수 없으면 말해라."

베아의 얼굴이 창백하게 굳어 갔다. 진짜 검으로 겨루는 것보다 그 대련을 명령하는 쿤이 더 낯설게 보였다. 아이들에게 위험한 훈련을 절대 금지한 사람은 바로 쿤이다. 훈련 도중 부상자라도 나오면 그녀는 엄하게 솔을 몰아세우며 책임을 물었다. 그런 왕이 두 아이에게 진짜 검을 던지며 서로에게 날카로운 칼날을 겨누라 명령했다.

"하겠습니다."

베아가 말했다. 타이의 눈동자가 작열하는 태양처럼 하얀 안광을 내뿜었다. 비스족 최고 존엄인 쿤의 명령은 절대적이었다. 두 사람에게 진짜 검 대련을 원하는 이유가 반드시 있을 터였다.

"검을 가져오세요."

쿤이 단호한 목소리로 명령했다. 솔이 눈짓하자 전사들이 두 사람에게 검을 내주었다. 목검과는 차원이 다른 묵직함이 느껴졌다. 타이의 목울대가 크게 꿈틀거렸다. 베아도 마른침을 삼켰다. 햇살이 내려앉자 칼날이 차갑게 빛을 튕겨 냈다.

베아가 손에 쥔 건 진짜 칼이었다. 상대를 찌르고 벨 수 있는 살상용 무기였다. 심장이 금방이라도 가슴을 찢고 나올 듯 두근거렸다. 긴장한 건 상대도 마찬가지였다. 어떤 대련에서도 헤벌쭉거리며 여유를 부리던 타이였다. 그랬던 녀석이 파리하게 굳은 얼굴로 바보처럼 서 있었다. 베아의 머릿속으로 생각들이 빠르게 스쳐 지났다. 차라리 온 힘을 다해 공격하는 것이 타이를 위해 나을 터였다. 괜스레 주춤거리면 오히려 두 사람 모두에게 좋지 않을 것이다. 최악의 상황에는 서로의 칼날에 치명상을 입게 된다.

"그럼 시작하죠."

쿤의 한마디에 정식 대련을 알리는 나팔이 울렸다. 베아가 짧은 기합과 함께 타이를 향해 달려갔다. 만약 목검 대련이라면 여기저기서 응원의 함성이 터져 나왔겠지만, 대련장 가득 울려 퍼진 소리는 칼날이 부딪치는 금속성의 날카로운 파열음뿐이었다.

타이는 베아의 공격을 막기에 급급했다. 그것도 평소답지 않은 둔한 몸짓으로 주춤거렸다.

"공격해, 타이. 너 그러다 죽어."

"뭐야, 진짜 죽일 작정이야?"

"싫으면 덤비라고. 이 자식아."

타이는 솔의 아이들 중 가장 컸으며 힘과 민첩성, 검술까지 어느 것 하나 빠지지 않는 괴물이었다. 만약 목검이라면 가장 먼저 하체를 공격할 것이다. 주춤하는 찰나 목을 내리쳤겠지. 하지만 손에 움켜쥔 건 진짜 검이었다. 아무리 타이의 실력을 믿는다고 해도 자칫 가벼운 타박상으로 끝나지 않을 터였다. 이런 상황이라면 차라리 정면 승부가 낫다.

베아가 상대의 가슴을 향해 칼끝을 세웠다. 사방에서 날아드는 칼날을 타이는 막기에 급급했다. 상황 파악이 전혀 안 되는 멍한 얼굴임에도 베아의 공격을 본능적으로 막아 냈다. 타이는 전사가 되기 위해 태어난 녀석이 틀림없었다.

칼날이 부딪치는 소리가 대련장의 공기를 찢고 베었다. 베아의 검이 사냥감을 발견한 매처럼 빠르게 날아들자, 예리한 칼끝이 타이의 가슴을 스쳤다. 당황한 녀석이 가볍게 몸을 날려 두 걸음 뒤로 물러섰다. 베아의 칼은 고작 상대의 단추를 떨어뜨리는 것으로 끝났다. 뜯어진 앞섶을 보며 타이가 한쪽 입꼬리를 올렸다.

"역시 너는 모범생이야. 하긴 우리가 무슨 힘이 있겠냐? 어른들이 까라면 까야지?"

"어른이 아니라 쿤이시다!"

베아가 흥분해 소리쳤다. 타이가 고개를 왼쪽 오른쪽으로 천천히 꺾고는 검을 고쳐 잡았다. 방어는 이쯤에서 끝내고 슬슬 공격을 시작하겠다는 뜻이었다. 어금니를 꽉 사리물자 관자놀이가 벌떡였다. 베아가 정신을 차리려 두 눈에 힘을 주었다. 짧은 기합과 함께 상대의 칼날이 폭우 속 범람하는 강물처럼 무섭게 밀고 들어왔다. 타이의 검술은 단순히 빠른 것에 그치지 않았다. 상대를 몰아치는 압도적인 실력 앞에서는 누구나 주춤거리며 물러서게 된다. 이제 장난은 여기까지라는 듯 베아의 검을 내리치는 타이의 힘이 완전히 달라졌다.

검술과 격투에 뛰어난 베아지만 신체적 한계까지 부정할 수 없었다. 상대는 솔의 아이 중 가장 힘이 센 남자였고 전사들조차 쉽사리 덤비지 못하는 인간 병기였다. 온몸은 금세 땀으로 젖고 숨은 턱 끝까지 차올랐다. 심장은 금방이라도 터질 듯 거칠게 쿵쾅거렸다. 베아가 높이 뛰어 뒤로 물러났다. 고요한 대련장 가득 거친 숨소리만 가득했다.

이 이상 시간을 끄는 건 베아에게 여러모로 불리했다. 그렇다고 타이를 진짜 벨 수도 없었다. 강하게 밀어붙여 봤자 이쪽에서 먼저 체력이 떨어질 테니까. 순간 한 가지 묘안이 머릿속을 스쳤다. 떨어진 단추, 그것이 만약 단추가 아닌 다른 것이라면……. 베아의 시선이 타이의 허리춤에 닿았다. 차라리 저 벨트를 잘라 버리는 게 어떨까? 살짝 망신당하는 것이, 한쪽 팔이 잘리는 것보다야 여러모로 나을 테지.

베아가 짧은 기합과 함께 검을 내리치면 머리로 시선을 돌려 타이가 방어할 테다. 그때 재빨리 검을 비틀어 벨트를 끊는 것이다. 타이는 베아의 생각과 계획대로 움직였다. 날아오는 칼을 능숙하게 막아 냈다. 베아는 작은 체격을 최대한 이용하기로 했다. 상체를 숙여 타이의 안쪽을 파고들었다. 그렇게 칼끝이 허리에 닿는 순간, 귓가에 날카로운 금속성의 비명이 터져 나왔다. 번개가 내리치고 천둥이 울리는 굉음이 지나가자 반짝이는 파편들이 눈앞에 떠다녔다. 영원 같은 찰나의 시간이 흐른 뒤 누군가 "아!" 하는 단발의 신음을 토해 냈다. 뒤이어 사람들이 내지른 환호성이 대련장의 무거운 고요를 찢었다. 베아가 반쯤 넋이 나간 얼굴로 자신이 움켜쥔, 반이 사라져 버린 검을 내려다보았다. 고개를 들자 눈앞에 놀란 얼굴의 타이가 있었다.

"너…… 지금, 어…… 어디를, 고…… 공격하려던 거야?"

정작 말문이 막힌 사람은 따로 있는데 타이가 말을 더듬었다.

타이의 벨트를 끊으면 다치진 않았을 텐데, 그 단순한 공격에 당황한 녀석이 이성을 잃고 힘 조절에 실패해 버렸다. 그 결과 베아의 검마저 부러뜨리는 괴력을 발휘했다. 이번 진짜 검 대련의 승리는 타이에게로 돌아갔다.

"베아."

타이가 검을 내던지고는 한걸음에 가까이 다가왔다.

"왜? 검으로는 성에 안 차냐? 내 목이라도 부러뜨리고 싶……."

"네 얼굴."

호박색 눈동자가 크게 부풀어 올랐다. 처음 베아를 봤을 때처럼 잔뜩 겁에 질린 꼬맹이 같은 표정이었다.

"뭐?"

베아가 손으로 얼굴을 더듬었다. 땀인 줄 알고 닦았는데 손끝에 피가 묻어 나왔다. 부서진 칼날의 파편들이 얼굴을 스친 모양이었다. 그제야 눈 밑에 아릿한 통증이 느껴졌다.

"미안해. 진짜 그럴 생각이 아니었는데. 흉터 남으면 어쩌지?"

금방이라도 울 것 같은 타이를 보며, 베아가 허탈한 웃음을 지었다. 누가 보면 대련에 진 사람이 타이라 믿을 것이다.

"됐다."

베아는 반 토막 난 검을 바닥에 내던졌다. 눈을 돌리자 멀리 쿤과 솔이 보였다. 두 사람 모두 감정을 읽을 수 없는 지독한 무표정이었다. 베아가 몸을 돌려 대련장을 빠져나왔다.

그것이 일주일 전 일이었다. 공식적인 승리는 타이에게로 돌아갔지만 그 역시 솔에게 좋은 평가는 듣지 못했다. 이성을 잃고 무작정 칼을 휘둘렀다는 꾸지람이 날아들었으니까. 칼날의 파편이 스친 곳이 하필 베아의 눈 밑이었다. 두 사람 모두에게 위험천만한 상황이었다. 결국 완전한 승자도 패자도 없는 대련이었다.

"그만 기분 풀지? 나도 아버지한테 사흘 밤낮을 시달렸다니까."

"자랑스러워하시겠지. 모두가 보는 앞에서 쿤의 후계자를 납작하게 만들었잖아?"

타이가 성큼 걸음을 옮겨 베아를 막아섰다.

"정반대네요. 네 얼굴에 상처 냈다고 얼마나 혼났는데."

베아가 습관처럼 눈 밑을 어루만졌다. 손끝에 느껴지는 선명한 상흔. 이곳을 건드리면 이상하게 가슴이 욱신거렸다. 마치 베인 곳이 심장인 듯이.

"너 때문 아니야."

베아가 타이의 가슴을 때리고는 걸음을 옮겼다.

"그럼 왜……."

"너는 혹시 생각해 본 적 있어? 비스족은 왜 하필 사계의 여신들을 배웅하는 축제를 열까? 환영해도 되잖아."

슬쩍 이야기의 방향을 돌렸다. 과연 타이에게 말해도 될까? 복잡한 머릿속은 아무것도 정리되지 않았다. 아니, 어쩌면 타이도 이미 아는지도 몰랐다. 녀석의 아버지가 누구인지 베아는 잊지 않았다.

"감사의 마음이지."

타이가 멀리 나무 우듬지로 눈을 돌렸다.

"우리가 신들이 떠나는 길을 극진히 대접하면, 그다음 계절의 신에게도 복을 받을 거라잖아. 봄이 여름의 여신에게 가을이 겨울의 여신에게 좋은 이야기를 전해 준다고 했어. 만남보다 헤어짐에 더 큰 예를 갖추고, 시작보다 끝이 중요하다고 배웠으니까. 사람 관계든 일이든 마무리는 늘 신중해야 해."

베아도 눈을 들어 주위를 둘러보았다. 푸른 숲과 강으로 둘러싸인 이곳은 비스족의 터전 실바의 땅이다.

2.

풍요의 땅 실바에 언제부터 비스족이 살았는지는 알 수 없었다. 부르인이 태어나기 전, 아니 그 전의 쿤과 선대의 쿤, 그 어머니 쿤이 태어나기 전부터 실바는 비스족의 땅이었다. 비스족은 사계의 여신들을 숭배하며 그들이 내려 준 풍요를 감사히 여겼다. 맑은 강과 기름진 땅, 그 속에서 뛰노는 크고 작은 동물들과 풍성한 열매까지 이 모든 생명의 힘은 자연이 베푼 자비이자 은총이었다. 그러나 사계의 여신들이 언제나 온화한 미소만 보내는 건 아니었다. 그들은 가뭄과 홍수로 심술을 부리고 번개를 내리쳐 산과 들을 태웠으며 질병을 퍼트려 죽음의 칼날을 잔인하게 휘둘렀다.

만남보다 이별이, 시작만큼이나 끝이 중요하다는 말은 비스족의 오랜 가르침이었다. 물론 그 진리를 쿤의 후계자인 베아가 모를 리 없었다. 실로 오랜 시간 타 부족과 크고 작은 전쟁을 벌인 비스족은 땅에 뿌린 검붉은 핏방울만큼이나 슬프고 아픈 시간을 보냈다. 그 고통의 대가로 가장 아름답고 기름진 땅 실바의 주인이 되었으며, 다른 어떤 부족도 섣불리 공격하지 못하는 강한 힘을 얻었다. 결국 타 부족들은 실바의 외곽에 터를 잡아, 간신히 자신들의 세력을 유지할 뿐이었다.

평화의 시대가 왔지만 언제 또 매서운 피의 계절이 돌아올지 알 수 없었다. 아무리 약한 부족이라도 지독한 가뭄으로 강바닥이 드러나고 홍수로 삶의 터전이 쓸려 나가면, 타 부족들과 날카롭게 대립각을 세웠다. 배고픈 쥐는 고양이를 두려워하지 않는 법이니까. 부족의 생존 앞에서 전쟁은 언제고 다시 시작될 것이다.

실바 주변으로 몇 개의 크고 작은 부족들이 살고 있었다. 피프족은 그중에서도 가장 수가 적고 약한 무리였다. 사냥과 싸움 기술이 엉망이었고 제대로 된 무기조차 만들지 못했다. 때문에 피프족은 타 부족들을 피해 깊은 동굴에 숨어 살았다. 그 누구도 미약한 피프족을 신경 쓰지 않았다.

몇 해 전이었다. 피프족이 동굴을 벗어났다는 소문이 들려왔다. 그들이 새로운 터전을 찾아 떠났는데, 그 목적지가 '사라아'라고 했다. 그 소식에 주변 모든 부족이 일제히 코웃음 쳤다.

사라아는 전설로 내려오는 땅이었다. 누군가는 그곳을 일컬어 대지는 기름지고 물은 깨끗하며 먹을 것이 풍족한 지상 낙원이라 했다. 또 다른 이는 전혀 상반된 이야기를 했다. 풀 한 포기 자라지 않는 사막이어서 사시사철 모래 폭풍이 분다고 했다. 아침저녁은 추운 겨울이요, 한낮은 뜨거운 여름이라고도 했다. 신의 은총이 내린 땅이자 죽음의 대지인 사라아는, 케이브 숲 너머에 있었다. 다만 지금까지 어떤 부족도 전설의 땅을 찾아 떠난 적 없었기에 무성한 소문만이 한여름 잡초처럼 제멋대로 자라났다.

사라아로 가는 유일한 길인 케이브는 하늘을 찌를 듯 높은 침엽수들이 빽빽하게 자라 빛 한 줄기 들어오지 않는다고 했다. 사람들은 케이브를 어둠에 휘감긴 검은 숲이라 불렀다. 죽음의 사신들이 사는 곳, 하늘에서 쫓겨난 악마들이 모인 곳. 그들이 지키는 길목을 통과하지 않으면, 결코 전설의 땅에 닿을 수 없다고 했다.

비스족 그 누구도 사라아를 찾아 떠나긴커녕, 그 입구인 케이브에조차 발을 들이지 못했다. 음산하고 괴괴한 소문은 모든 것을 검고 탁하게 물들였다. 그런데 다른 부족도 아닌 피프족이 죽음의 숲 케이브를 넘어 전설의 땅 사라아를 찾아냈다는 소문이 들려왔다. 단순히 헛소문이나 웃음거리로 치부하기엔 그들에게 분명한 변화가 있었다.

하늘이 열리던 날, 운명처럼 그들에게 새 지도자가 나타났다. 피프족은 자신들을 위해 하늘의 아들이 몸소 지상으로 내려왔다고 믿었다. 그렇게 피프족의 새 왕이자 지도자는 자신을 '탄'이라고 명했다. 탄이 나타났을 때 동굴 주변으로 눈부시게 환한 빛이 쏟아져 내렸다. 마치 태양이 그곳만 비추듯 곧고 둥근 빛기둥이 일직선으로 내려왔다. 피프족은 탄을 쫓아 동굴을 빠져나왔고 그들만의 먼 여행길에 올랐다. 피프족이 사라진 동굴 벽에는 의미를 알 수 없는 몇 개의 그림만이 남아 있었다.

베아는 생일날 검술 대련에서 보기 좋게 패했다. 물론 타이가 강하다는 건 인정했다. 전사들도 상대하기 힘든 실력과 힘을 지녔으니까. 하지만 베아는 생각할수록 화가 났다. 다른 누구도 아닌 쿤 앞에서 가장 멋진 모습을 보여 주고 싶었고 반드시 그래야만 했다. 자신을 후계자로 지목한 부르인의 선택이 틀리지 않았음을 증명하고 싶었는데 결과는 참담했다. 대련에서 진 것도 모자라 얼굴에 상처를 입었다. 베아는 대련이 끝난 후 온종일 방에 틀어박혀 있었다. 방문이 열린 건 늦은 저녁이었다. 왕이자 어머니인 부르인이 문을 열고 안으로 들어섰다.

"상처는 괜찮니?"

부르인이 다가와 베아의 얼굴을 살폈다. 파편이 스친 눈 밑이 욱신거렸지만 정작 상처받은 자존심이 몇 배 더 아팠다.

"별거 아니에요."

부르인이 어깨에 걸친 가운을 벗어 의자에 걸었다. 봄의 끝자락이었다. 곧 여름의 여신이 비스족을 찾아올 것이다. 밤공기가 부드럽고 포근했다. 부르인이 베아의 상처를 조심스레 어루만졌다.

"흉터 생길 것 같은데?"

교육과 훈련을 받다 보면 누구든 몸에 크고 작은 흉터 하나쯤은 생기기 마련이다. 베아가 몸을 돌려 거울 앞에 섰다. 그러고는 부러 큰 소리로 외쳤다.

"저는 이 상처가 마음에 드는데요? 뭔가 강해 보이잖아요."

걱정스러운 표정의 부르인과 마주하기 싫었다. 상처를 살피는 집요한 눈빛이 불편했다. 부르인은 안타까운 얼굴로 딸의 뒷모습을 바라보았다.

"죄송해요."

베아가 뒤돌아 부르인과 마주 섰다. 시선이 또다시 발끝으로 떨어졌다.

"뭐가?"

베아는 부르인이 지금 어떤 위치에서 과연 누구에게 대답을 기대하는지 생각했다. 쿤으로서 다음 후계자에게? 아니면 어머니로서 딸에게? 분명 둘 다겠지.

"조금 더 신중하게 접근했어야 했는데……."

목소리가 힘을 잃고 허공으로 흩어져 버렸다. 부르인이 베아의 어깨에 손을 얹었다.

"혹시 오늘 대련 때문에 그러니? 힘으로 타이를 이기는 건 불가능해. 나도 그 아이를 잘 아니까."

부르인이 장난스러운 표정으로 한쪽 눈을 찡긋했다. 베아의 입가에 엷은 미소가 번졌다.

"차라리 목검이라면 마음껏 휘두르겠는데 날이 선 진짜 검이었어. 상대를 힘껏 찌르거나 벨 수도 없지. 타이는 어릴 적부터 함께 자라 온 친구잖아."

타이를 생각하면 억울한 기분마저 들었다. 작고 귀여웠던 아이는 사라지고, 자신을 내려다보는 건방진 녀석이 나타났다. 이젠 녀석을 위해 높은 가지에 열매를 따 줄 이유도, 수영을 가르쳐 줄 필요도 없었다. 그 울보 겁쟁이 꼬마를 달래지 않아도 되었다. 어느덧 검을 검으로 부숴 버리는 괴물만 남았으니까.

"시간을 끌면 체력적으로 네가 밀릴 수밖에 없지. 그래서 너는 타이를 살짝 당황하게 만들기로 했어."

부르인의 손이 허리를 짚었다. 쿤은 베아가 어떤 계획을 세웠는지 정확히 꿰뚫었다.

"네 공격을 엉뚱하게 해석한 타이가 당황해 힘 조절을 못 한 결과일 뿐이야."

부르인의 시선이 다시금 베아의 상처로 향했다.

"베아, 쿤이 뭐라고 생각하니?"

단순한 왕의 의미가 아니었다. 그 위치에 오른 자의 진정한 책임을 묻고 있었다.

"검을 잘 다루고 힘이 세면 쿤이 될까? 그렇다면 나 역시 쿤이 될 수 없다. 전투력으로 쿤이 된다면 솔이 더 어울리지 않을까."

부르인이 말을 멈추고 고개를 내저었다.

"내가 왜 너에게 진짜 검을 주고 가장 막강한 상대와 맞붙게 했는지 그 참뜻을 읽어야 해. 단순히 너의 검술과 힘만 보려던 게 아니야. 네가 위기 앞에서 어떻게 대처하는지 그 능력을 보려던 거였다."

부르인이 한 걸음 가까이 다가왔다. 그녀의 손이 천천히 베아의 눈 밑 상처를 한 번 더 쓰다듬었다. 부드럽지만 차가운 감촉이 피부에 오롯이 느껴졌다.

"삶에서 가장 강력하고 무서운 힘은 바로 여기에서 나온다."

긴 손가락이 가볍게 톡톡 베아의 관자놀이를 두드렸다.

"신중하고 깊은 생각 말이다. 그 힘을 가진 자만이 진정한 쿤이 되고 전사들을 통솔하는 솔이 될 수 있다."

베아의 커다란 눈동자가 부르인의 얼굴과 마주했다. 부르인의 환한 미소 속에는 인적이 사라진 새벽길처럼 쓸쓸한 고독이 담겨 있었다.

"그리고 나는 오늘 너에게서 그 힘을 보았다."

그 한마디는 단검처럼 날아와 베아의 가슴에 박혔다. 뜨거운 열기가 심장을 시작으로 온몸에 퍼져 나갔다. 진짜 검을 손에 쥐었을 때와는 차원이 다른 떨림이 느껴졌다.

"비스족의 미래는 새로운 쿤인 네가 어떻게 하느냐에 달렸다."

부르인은 베아의 양어깨를 힘껏 움켜잡았다.

"알고 있어요. 그래서 더 열심히……."

"너는 곧 내 뒤를 이어 쿤의 자리에 오를 거야. 그리고 마지막 시험에 합격했다."

베아의 암갈색 눈동자가 금방이라도 터질 듯 부풀어 올랐다.

"시험이라니요?"

물론 알고 있었다. 단순히 부르인의 선택을 받았다고 해서 쿤이 되는 건 아니었다. 그 뒤를 이을 수 있는 능력을 보여 줘야만

했다. 그래서 베아는 지금까지 최선을 다해 무예를 익히고 지식과 지혜를 쌓으려 노력했다.

"열일곱 번째 생일 선물치고는 좀 고약했나?"

부르인이 짓궂은 눈빛을 지으며 콧잔등에 주름을 만들었다.

"설마 그 대련이……."

커다란 의구심은 있었다. 예고도 없이 쿤과 솔이 대련장에 나타난 것부터 위험한 진짜 검 대련을 명령한 것까지, 평소라면 전혀 있을 수 없는 일이었다. 하지만 이것이 쿤이 되기 위한 시험이라고는 미처 생각하지 못했다.

"저는 졌어요."

베아의 목소리가 허공에 힘없이 풀어졌다. 부르인이 손끝으로 톡 베아의 코를 건드렸다.

"이기고 지는 건 찰나야. 어린 매가 첫 사냥에 성공한다고 해서 모든 사냥에 성공할 거라는 보장은 없어. 그 반대도 마찬가지야. 성공과 실패는 과정에서 무엇을 배웠느냐가 더 중요해. 모든 것을 경험이라 생각하며 쌓아 가는 게 진짜 실력이지."

쿤이 엷게 미소 짓고는 다시금 말을 이었다.

"나는 대련 하나만으로 너를 평가하지 않아. 과거부터 지금까지 너를 봤고 앞으로의 너를 기대한다는 의미야."

베아의 귓가에 화르르 소리가 들려왔다. 그것은 가슴에서 일어난 불꽃의 열기였다. 지금까지의 삶은 실패와 실수의 반복이라 해도 과언이 아니었다. 목검 대련에서 패했고, 단도는 매번 과녁을 벗어났으며 나무를 타다 떨어진 적도 많았다. 실수투성이에 엉망이던 그 시간들이 쌓여 지금의 베아가 되었다. 단도는 언제부턴가 원하는 방향으로 정확히 날아갔고, 이제 검술은 누구에게도 지지 않을 정도의 실력이 되었다. 나무 타기는 타이조차 쫓아오지 못할 정도로 민첩했다. 어머니이자 비스족의 최고 존엄인 쿤은 바로 그 시간과 성장을 지켜본 거다. 그 뜨거운 감정이 점점 더 퍼져 베아의 코끝까지 따갑게 만들었다.

"늘 궁금했지? 내가 왜 너를 후계자로 선택했는지?"

오랫동안 궁금했던 질문이었다. 그런데 막상 대답을 들으려 하니 등허리에 시린 기운이 느껴졌다. 베아는 말도 못 한 채 간신히 고갯짓만 했다. 다른 누구도 아닌 쿤의 선택을 받은 아이였다. 사람들은 베아에게 분명 남다른 비범함과 힘이 있으리라 믿었다.

"그건 네가 다음 세대 후계자를 선택할 때면 알게 될 거야."

결국 명쾌한 대답을 듣지 못했다. 어쩌면 딱히 내놓을 이유가 없는지도 몰랐다. 베아는 자신이 다른 아이들에 비해 특별한 것도, 내세울 능력도 없다고 생각했다. 타이의 재능도, 울피의 통솔력도, 화이거의 힘도, 부르인의 지혜도 없었다. 지극히 평범하기에 죽기 살기로 노력했다. 그래야만 간신히 선두에 설 수 있는 기회를 얻을 수 있었으니까.

"곧 정식 후계자 임명식이 있을 거야."

부르인이 베아의 머리를 어루만지며 말했다. 그 손길은 부드럽고 서늘했다. 마치 겨울 여신이 대지에 흩뿌리는 눈꽃과도 같았다. 그건 어쩌면 진짜 쿤이 된다는 기대와 두려움인지도 몰랐다.

그때 베아의 생각을 뚫고 방문 밖에서 목소리가 들려왔다.

"쿤님, 여기 계시다 들었습니다. 솔이 오셨습니다."

부르인이 문을 향해 고개를 돌렸다.

"곧 간다고 전해라."

"네."

종종대는 발소리가 문밖에서 빠르게 멀어져 갔다.

"어쩔까? 너를 이렇게 만든 괘씸한 녀석의 아버지가 오셨는데?"

"아들에게 얼마나 감탄했는지 자랑 좀 들어 보세요."

베아가 어깨를 으쓱해 보였다. 부르인이 두 번째 손가락을 세워 좌우로 흔들었다.

"아마 그 반대일 거야. 나는 화이거를 아주 잘 알지. 네가 타이를 아는 것보다 훨씬 더."

부르인은 장난스러운 눈빛을 남기고 돌아섰다. 삐거덕 방문이 열리자 쿤의 뒷모습이 서서히 시야에서 사라졌다. 베아가 벽에 걸린 거울을 바라보았다.

"이제 정말 쿤이 되는 거야."

비스족 왕에게는 단순한 힘보다 지혜가 필요했다. 베아는 자신에게 그 지혜가 있는지 여전히 자신할 수 없었다.

"지금 당장 그 자리에 오르는 건 아니니까. 어머니에게 더 배워야겠지."

베아가 두 손을 머리 위로 뻗어 길게 기지개를 켰다. 난생처음 가장 친한 친구와 진짜 검으로 대련을 펼쳤다. 힘껏 잡아당긴 활시위처럼 긴장했던 근육이 풀리며 온몸이 욱신거렸다. 애써 괜찮은 척했지만 움직일 때마다 앓는 소리가 새어 나왔다. 무심코 고개를 돌린 곳에 의자에 걸친 부르인의 가운이 보였다. 베아의 시선이 창으로 돌아섰다. 반쯤 열린 창틈으로 서늘한 밤공기가 밀려들었다.

✳

문을 열자 창밖을 보던 화이거가 몸을 돌렸다.

"이 밤에 무슨 일이십니까?"

앉으라는 쿤의 눈짓에 화이거가 고개를 숙여 예를 갖췄다. 부르인이 착석하자 그도 맞은편 의자에 앉았다.

"베아는 괜찮습니까?"

그녀가 대답 대신 손을 들어 보였다. 불이 닿지 않은 어둠 속에서 하나둘 시종들이 모습을 드러냈다.

"손님이 오셨습니다."

말이 끝나기 무섭게 시종들이 종종대며 방을 나섰다.

"그 질문은 제가 해야 할 것 같습니다."

부르인이 빙긋이 미소 짓고는 말을 이었다.

"타이는 괜찮습니까? 오히려 놀란 건 그 아이 같은데요?"

화이거가 나직이 끙 소리를 내뱉었다. 그는 강한 사람이다. 아무리 거칠고 야수 같은 전사들도 그의 앞에 서면 얌전한 고양이가 되었다. 단순히 힘의 문제가 아니었다. 지혜와 통솔력이 없으면 불가능했다. 쿤의 미소에 감춰진 마음을 솔은 정확히 읽었다.

그때 문이 열리며 시종들이 들어왔다. 커다란 원형 탁자 위에 술과 음식들이 놓였다.

"그만 나가 보세요."

쿤의 한마디에 시종들이 소리 없이 문밖으로 사라졌다. 이제 별실에 남은 이는 두 사람뿐이었다. 부르인이 술병을 기울이자 화이거가 두 손으로 공손히 잔을 들었다. 과실주의 달콤하고 알싸한 향이 넓은 홀을 채웠다.

"타이는 대단한 아이입니다."

쿤이 술잔을 비웠다. 솔은 조용히 자신의 잔을 내려다보았다.

"힘 있는 자보다 그 힘을 제어할 수 있는 자가 더 강한 겁니다."

역시 화이거다운 대답이었다.

"전사들 사이에서도 타이는 유명하죠?"

다른 훈련생들에 비해 압도적인 기량과 힘을 지닌 타이를 모든 이가 예의 주시했다. 전사들 중 몇몇은 이미 자신들을 이끌 다음 세대 솔로 타이를 점찍었다.

"울피의 성장이 놀랍습니다."

"그 아이가 타이보다 월등합니까?"

부르인이 물었다. 화이거가 술잔을 비웠다.

"어떤 면에서는요."

부르인 역시 울피를 잘 알고 있었다. 화이거가 왜 그 아이를 신뢰하는지도 모르지 않았다. 실력만 보면 분명 타이보다 한 수 아래였다. 그러나 울피는 차분하고 진중하며 좀처럼 감정을 드러내지 않았다. 무엇보다 꾸준함과 인내가 있었다. 타이가 선두에 선다면, 울피는 맨 뒤에 자리를 잡았다. 따라오라는 명령보다 함께 가자는 격려의 힘을 알고 있었다.

솔의 자리에 오르려면 어떤 능력이 우선시돼야 하는지, 화이거가 가장 잘 알고 있을 터였다. 하지만 부르인은 때론 울피의 그 정확함이 불안했다. 한 치의 오차도 없는 완벽성을 볼 때면 어쩐지 싸늘한 기운이 느껴졌다. 깊은 숲속 우물처럼 늘 고요해 보이지만 그녀의 눈에 비친 울피는 누구보다 뜨겁고 강렬한 욕망을 지닌 아이였다.

"이제 곧 정식으로 후계자 임명식이 거행됩니다."

화이거가 말했다. 부르인이 부드럽게 미소 지었다.

"베아의 열일곱 번째 생일 선물을 줄 시간이지요."

황금빛 눈동자가 물끄러미 쿤을 바라보았다. 이제 솔은 차세대 쿤을 보필할 것이다.

"이제 슬슬 솔의 후계자도 정식으로 임명할 때가 왔습니다."

"그래야지요."

화이거의 입에서 나직한 한숨이 흘러나왔다. 부르인이 굳게 닫힌 문을 곁눈질하고는 조심스레 입술을 달싹였다.

"피프족이 사라아를 찾아냈고 그곳에 뿌리를 내렸습니다."

그 한마디에 솔의 황금색 눈이 여리게 흔들렸다.

"그들은 실바 외곽에서조차 숨어 살았어요. 그 연약한 부족이 어떻게 케이브를 넘었을까요? 전설로만 전해 내려온 사라아를 무슨 방법으로 찾아냈을까요?"

"그들의 새 왕을 말씀하시는 겁니까?"

화이거가 물었다. 부르인이 그의 잔에 술을 따랐다.

"하늘에서 내려온 자라 하더군요. 단순한 왕이 아닙니다. 하늘의 아들이라네요."

"그 말을 믿으십니까?"

"솔도 보지 않았습니까? 몇 해 전 하늘에서 빛이 쏟아져 내렸습니다. 그 빛은 정확히 피프족이 사는 동굴을 비췄죠. 그때 그들의 새 왕이 내려온 겁니다."

하늘이 열리며 마치 폭포수처럼 빛이 쏟아져 내렸다. 그날 전사들을 이끌고 그곳까지 직접 찾아간 장본인이 바로 화이거였다. 이 사실을 솔인 그가 절대 모를 리 없었다.

"빛이 내려온 것은 맞습니다. 그렇다고 피프족의 새 왕이 진짜 하늘에서 내려왔는지는 알 수 없습니다."

"아니라면 왜 자신들의 터전을 버리고 떠났을까요? 어떻게 죽음의 숲 케이브를 넘어, 전설의 땅 사라아까지 찾아냈을까요?"

"그거야 우연⋯⋯."

부르인이 손을 들어 화이거의 말을 막았다.

"우연? 그게 가능할까요? 아시다시피 피프족은 약합니다. 오합지졸이라 전사들을 키울 수도, 별다른 기술이나 힘을 기를 수도 없어요. 제대로 된 사냥 도구조차 없습니다. 그런데도 그들에게는 무언가가 있어요. 피프족이 떠난 동굴에 남은 그 기묘한 그림들, 의미를 알 수 없는 어떤 문자들까지……."

부르인이 말을 멈추고 낮은 한숨을 토해 냈다.

"피프족은 하늘의 별과 달의 길을 알고 있어요. 그들의 새 왕인 탄이 비와 바람과 구름에 힘을 얻었다 했습니다. 그들은 분명 활과 검이 아닌 다른 무기를 지니고 있습니다. 물리적인 힘이 없을 뿐입니다."

"무슨 말씀을 하고 싶은 겁니까?"

화이거가 물었다. 부르인이 손끝으로 톡톡 자신의 관자놀이를 두드렸다.

"이곳에 의외로 많은 힘을 가진 참으로 재미있는 부족입니다."

"말하셨잖습니까. 전사들조차 키울 수 없는 오합지졸이라고요. 힘이 없는 부족은 결국 사라지기 마련입니다. 타 부족들을 피해 도망간 것뿐입니다."

"죽음의 숲 케이브를 넘어 전설의 땅 사라아로요? 그 어떤 부족도 시도하지 못한 엄청난 일을 피프족들이 해냈단 말입니다."

"그도 확실하지 않습니다. 뜬소문일 가능성이 큽니다."

"그래서 더더욱 확인하고 싶은 겁니다."

부르인이 말을 멈추고 천천히 술잔을 기울였다. 달콤한 과일 향끝에 쓰디쓴 맛이 묵직하게 스며들었다.

"비스족은 어떤 부족보다 강합니다. 저희는 풍요의 땅 실바에 있습니다. 이 이상의 힘이 필요하다 하시면⋯⋯."

부르인이 자리에서 일어났다. 그리고는 몸을 돌려 창가로 걸어 갔다. 어둠이 내려앉은 검은 땅에 별보다 여린 불빛이 반짝였다. 부르인의 삶의 이유와 목표가 저 빛과 어둠 속에 있었다.

"맞아요. 우리는 강합니다."

등 뒤에서 의자 끌리는 소리가 들려왔다. 화이거도 자리에서 일 어났다.

"하지만 검과 활, 용기와 힘으로도 지킬 수 없는 게 있지요."

아무리 사계의 여신들을 극진히 대접하고 떠나는 길을 정성스 럽게 배웅해도 부족했다. 사계의 여신들이 언제 어떻게 변덕을 부 릴지 알 수 없으니까. 그들은 바싹 마른 숲에 번개를 내리쳐 산을 불태웠고 비를 쏟아부어 강을 범람케 했다. 때 이른 추위를 몰고 와 농작물을 얼어붙게 하며 무서운 전염병을 퍼트려 죄 없는 사람 들을 쓰러뜨렸다.

이 모든 불행은 쿤도 아무리 강한 전사들도 어찌할 수 없었다. 검과 활만으로는 비스족을 지킬 수 없었다.

"그들에게 없는 힘이 우리에겐 있습니다."

창밖을 보던 부르인이 천천히 몸을 돌렸다.

"우리에게 없는 힘이 그들에게는 있습니다. 그들이 밤하늘의 별 과 달을 읽을 수 있고, 그들의 새 왕이 비와 구름과 바람을 다스릴 수 있다면, 그 비밀을 우리도 알아내야 합니다."

사계의 여신들을 믿고 따르는 일만이 전부가 아니었다. 새로운 기술과 문명을 받아들여야 했다. 그것만이 비스족이 계속해서 번영을 누릴 수 있는 유일한 길이라고 부르인은 믿었다.

숲의 거목을 쓰러뜨리는 건 멧돼지의 강한 엄니가 아니었다. 나무 기둥을 조금씩 갉아 먹는 작은 개미 떼였다. 겉으로 보기엔 한없이 약하고 볼품없어도 그들에게는 거목을 쓰러뜨릴 만한 힘이 있었다. 세상의 이치와 변화를 통찰하는 선견(先見), 피프족은 자신들의 새 왕인 탄을 통해 그 영검한 지혜의 눈을 얻었다. 그 사실을 부르인은 오래전부터 눈치챘다.

"어떻게 말입니까? 전사들을 케이브에 보내시겠다는 겁니까?"

방법이 전혀 없는 건 아니었다. 가장 강한 정예군을 선발해 케이브로 보낼 수도 있다. 그러나 그곳은 죽음의 숲이었다. 평화의 시대에 특별한 명분도 없이 전사들을 위험에 빠뜨릴 수는 없었다.

화이거는 자신의 목숨보다 전사들을 아끼고 사랑했다. 전쟁이 일어나면 전사들에게 죽음을 각오시키겠지만, 고작 피프족이 궁금하다는 이유로 그들을 사지로 내몰지 않을 터였다. 개혁에 소극적인 원로들까지 화이거의 편에 서면, 아무리 왕이라도 쉽게 일을 추진할 수 없다.

"나는 쿤입니다. 어떤 경우에도 비스족을 보호할 책임이 있죠. 절대 무모한 짓은 할 수 없습니다."

부르인의 입에서 나직한 한숨이 흘러나왔다.

"다만 피프족의 새 왕이 무척이나 궁금할 뿐입니다. 혹시 또 모르잖아요. 동맹을 맺으면 서로에게 필요한 것들을 얻게 될지도."

쿤이 자리로 돌아와 솔의 잔에 술을 따랐다. 화이거도 의자에 앉았다.

"이제 물리적인 힘보다는 보이지 않는 지혜로 세상을 다스리는 시대가 되었습니다."

웃고 있지만 부르인의 얼굴에는 또렷한 아쉬움이 어렸다. 전혀 가능성이 없는 얘기도 아니었다. 나약한 피프족이 케이브를 넘었다면 비스족도 분명 사라아를 찾아낼 수 있을 것이다. 그들이 어떻게 별의 비밀을 알고 비와 바람을 다스릴 수 있는지 그 신비함을 알 수만 있다면……. 부르인은 어떻게든 피프족의 새 왕을 만나고 싶었다. 그들이 사라아로 떠나기 전에 서둘렀어야 했는데 한발 늦었다.

이제 와 피프족을 찾는다고 하면 모두 가만있지 않을 것이다. 때론 외부의 침략보다, 내부의 분열로 일어난 전쟁이 더욱 잔인하니까.

"이제 타 부족들과도 적대 관계를 끝내고 상생하는……."

부르인이 말을 멈추고 문으로 고개를 돌렸다. 시종들에게 모두 돌아가라 일렀고 그 말이 무슨 뜻인지 모르지 않을 터였다. 솔과의 대화를 방해하거나 절대 엿듣지 말라는 의미였다.

화이거가 천천히 자리에서 일어났다. 그의 손이 허리에 찬 장검으로 향했다. 야심한 밤이었다. 쿤의 개인적인 공간까지 접근할

이는 없었다. 쿤이 고개를 돌려 화이거를 향해 편안한 미소를 보였다. 그렇게 긴장할 필요 없단 뜻이었다. 그러나 화이거는 검에서 손을 떼지 않았다. 어떤 경우에도 쿤을 지켜야 한다, 뼛속 깊숙이 각인된 솔의 사명이었다.

"쉬일 겁니다."

부르인이 문을 향해 걸어갔다. 화이거가 성큼 걸음을 옮겨 그녀를 막아섰다. 그 커다란 몸이 빠르게 움직였지만 소리조차 나지 않았다. 문을 열겠다고 눈짓하는 화이거를 보며 부르인이 고개를 끄덕였다. 솔이 조용히 한 걸음 뒤로 물러서 벌컥 문을 열어젖혔다. 동시에 새된 비명이 어두운 복도를 울렸다.

으악 소리와 함께 베아가 손에 쥔 가운을 떨어뜨렸다.

"아…… 아직 밤공기가 차서, 어머니 감기라도 들까 봐."

성급히 가운을 집어 들며 베아가 어색하게 웃었다.

"글쎄? 그게 진짜 목적인지는 알 수 없지만 어쨌든 고마워."

커다란 화이거의 등 뒤에서 부르인이 모습을 드러냈다.

"목적을 달성했으니 그만 네 방으로 가는 게 어떨까?"

부르인이 베아의 손에 들린 가운을 가져왔다. 화이거가 칼자루를 움켜쥔 손을 풀었다. 팽팽했던 공기가 느슨해지며 복도 끝에 고인 하얀 달빛이 눈에 들어왔다. 부르인의 시선이 밤하늘에 떠 있는 둥근 달에 머물렀다.

"저…… 그 케이브에…… 제가 가면 안 될까요?"

그 한마디에 쿤의 암갈색 눈동자가 보름달처럼 커졌다.

3.

역대 쿤들이 비스족의 안녕과 평화를 원했다면 부르인은 번영과 개혁을 꿈꿨다. 새로운 기기에 흥미를 느꼈고, 더 넓은 세상에 사는 타 부족의 생활과 기술력을 늘 궁금해했다.

아무도 신경 쓰지 않는 피프족까지 예의 주시했다. 그들이 새로운 왕을 따라 죽음의 산으로 들어갔고, 전설의 땅 사라아를 찾아냈다는 소문을 들었을 때, 부르인은 그리 놀라지 않았다. 마치 그럴 줄 알았다는 듯 깊은 눈으로 고개를 끄덕일 뿐이었다.

화이거는 부르인의 진취적인 사상을 존중하지만 한편으로는 불안했다.

"대체 왜?"

그가 얕은 신음을 내뱉는데 누군가가 방문을 두드렸다. 들어오라는 한마디에 삐거덕 문이 열리더니 어둠 속에서 불쑥 그림자가 나타났다. 싸늘한 밤공기가 방 안 깊숙이 밀려들었다.

"우려한 일이 일어날 것 같구나."

화이거의 황금빛 눈이 창으로 돌아섰다. 실바의 땅과 숲, 하늘과 강 그리고 그곳에 사는 크고 작은 부족들이 검은 어둠을 덮고 평화롭게 잠들어 있었다. 밤하늘의 별만이 깨어나 영롱한 눈으로 풍요의 땅을 굽어보았다.

"너는 전쟁의 반대말이 뭐라 생각하니?"

화이거가 물었다.

"평화 아닙니까?"

검은 그림자가 대답했다.

"아니다. 전쟁의 반대말은 힘이다."

평화는 화합에서 오는 것이 아니었다. 누구도 넘볼 수 없는 강한 힘에서 비롯되었다. 지금 평화의 시대를 살아갈 수 있는 건 수없는 전쟁의 결과였다. 실바의 땅에 뿌려진 전사들의 붉은 피로 이룩한 안녕이었다. 그 뼈아픈 진실을 정작 비스족의 쿤은 간과하고 있었다.

"토끼가 호랑이를 만나고도 살아남았다면 그 이유가 무엇인 것 같니?"

검은 그림자는 대답하지 않았다. 언제나처럼 조용히 화이거의 이야기를 기다릴 뿐이었다. 그의 말이 질문이 아닌 가르침이라는 사실을 절대 모르지 않았다.

"바로 배부른 호랑이를 만났기 때문이다."

화이거가 한쪽 입꼬리를 올렸다.

"그런데 그 토끼에게 뭔가 대단한 힘이 있을 거라 짐작하는 어리석은 사람이 있다."

피프족의 새 왕이라? 그렇게 강력한 지도자라면 왜 군이 풍요의 땅 실바를 두고 죽음의 숲에 들어갔을까? 그들이 전설의 땅 사라아를 찾았다는 건 그저 헛소문에 불과했다.

'이제 물리적인 힘보다는 보이지 않는 지혜로 세상을 다스리는 시대가 되었습니다.'

곱씹을수록 참으로 웃기는 말이었다. 무장한 적을 가만히 앉아 머리로 막을 수는 없었다. 목에 칼끝을 겨눈 상대에게 정중히 말로 타일러 봤자 결과는 빤했다.

"쿤이 베아를 케이브로 보낼 것이다. 아니, 베아 스스로 죽음의 숲으로 들어간다고 했다."

화이거가 말했다.

"목적이 뭡니까?"

그림자가 처음으로 질문을 던졌다. 창밖을 보던 화이거가 몸을 돌려세웠다.

"그건 베아에게 물어봐야 할 것이야."

만약 베아가 죽음의 숲으로 들어간다면 쿤은 결코 자신의 후계자를 혼자 보내지 않을 테다. 베아는 이미 쿤의 시험에 합격했다. 진짜 검 대련이 바로 그 증거였다. 큰 이변이 없는 한 베아는 비스족의 차세대 쿤이 된다. 부르인은 분명 쿤의 안위를 걱정하겠지. 그렇다고 전사들에게 동행을 명령할 수도 없는 노릇일 테고.

"곧 쿤의 후계자를 모시게 될 수도 있다."

아니 분명 그러할 것이다.

"과연 누구를 쿤의 후계자 곁에 둘지 왕은 고민하고 계신다."

화이거가 그림자를 향해 한 걸음 가까이 다가갔다.

"나는 네가 갔으면 좋겠다."

하늘에 닿을 듯 높게 자란 침엽수가 케이브 전체에 거대한 지붕을 만들고 있었다. 사시사철 햇볕이 들지 않는 탓에 숲은 깊고 축축한 동굴과도 같았다. 사람의 발길이 닿지 않는 곳이라 지도는 커녕 길이 있는지조차 알 수 없었다.

"그런 곳에 쿤이 자신의 후계자를 보낸다고요?"

검은 그림자가 물었다.

"아니, 사실 쿤의 결정이 아니다. 베아 스스로 선택한 일이다."

화이거가 조용히 이야기를 시작했다. 설명을 듣는 동안 그림자는 미동조차 하지 않았다. 이 일이 자신에게 어떤 의미가 있는지 곰곰 생각하는 듯 보였다.

"쿤의 후계자를 너무 늦지 않게 모시고 돌아오거라. 너라면 할 수 있을 것이다."

화이거가 나직이 읊조렸다. 그림자는 다시 깊은 침묵으로 숨어들었다.

"만에 하나 쿤의 후계자를 안전하게 모시고 돌아올 수 없는 상황이 되면……."

화이거가 고개 돌려 창백하게 굳은 그림자를 바라보았다. 검은 수정 같은 투명한 밤이 깨질 듯 위태롭게 흘러가고 있었다.

"그땐, 네 손으로 베어 버려라."

창밖으로 늑대의 하울링이 길게 울렸다. 우두머리의 선창에 나머지 무리가 화답했다. 산머리에 둥근 만월이 떠올랐다.

"늑대 울음소리가 가까이에서 들리는구나."

늑대들이 날뛰는 붉은 달, 적월(赤月)이 솟아오른 밤이었다. 봄의 여신이 떠나면 여름의 여신이 돌아와 실바의 산과 들을 뜨거운 초록의 생명으로 키울 것이다. 케이브의 침엽수들은 그 뾰족한 가시를 하늘로 뻗어 자신들의 땅을 검게 물들이고, 죽음의 신과 하늘에서 추방된 악마들의 터전 케이브에는 서서히 핏빛 어린 밤의 어둠이 내린다.

※

마을은 축제 분위기로 떠들썩했다. 봄의 여신을 배웅하는 오늘만큼은 모두 들뜬 분위기로 마음껏 먹고 마셨다. 평소라면 베아도 걱정 없이 축제를 즐겼을 것이다. 어른들의 눈을 피해 살짝 과실주도 맛보았겠지. 그러나 왁자지껄한 소란과 흥겨운 노래도 전혀 귀에 들어오지 않았다.

베아가 어깨를 들썩이며 깊은 한숨을 내쉬었다. 생각은 또다시 며칠 전 밤으로 거슬러 올라갔다. 엿들으려는 의도는 없었다. 그저 부르인의 가운을 돌려주려 했다.

"그래. 뭐 약간 궁금하긴 했어."

베아가 중얼거리며 콧잔등에 주름을 만들었다. 늦은 밤이었고 대체 왜 화이거가 찾아왔는지 궁금했다. 만약 타이와의 대련 이야기를 나누려는 것이라면 얌전히 방에만 있을 수는 없었다. 까치발로 조심조심 찾아간 별실 너머에서는, 그러나 전혀 예상하지 못한 대화가 흘러나왔다.

"내가 미쳤지. 어쩌자고 그런 소리를 했을까?"

다른 곳도 아닌 죽음의 숲 케이브를, 다른 누구도 아닌 쿤과 솔의 앞에서 당당히 가겠다고 소리쳤다. 생각할수록 베아는 제 머리를 쥐어박고 싶었다. 하지만 충동적으로 내뱉은 말은 아니었다.

두렵긴 해도 후회되지는 않았다. 부르인의 말처럼 피프족이 그 죽음의 숲을 통과했다면 분명 비스족도 할 수 있을 테다. 베아는 이번에야말로 삶과 진짜 검으로 승부를 겨룰 좋은 기회라 생각했다. 안락한 실바를 떠나 더 넓은 세계에서 다양한 경험을 쌓을 수도 있었다.

순간 누군가가 조심스레 바지를 잡아당겼다. 베아가 흠칫 놀라 몸을 떨었다. 동시에 머릿속을 뿌옇게 채우던 고민들도 빠르게 흩어져 버렸다.

"싱싱한 산딸기예요."

베아의 시선이 아래로 향했다. 꼬마 폭시였다. 나무 상자 양 끝에 굵은 가죽끈을 달아 목에 매고 있었는데 상자 안에는 산딸기가 가득했다. 베아가 무릎에 두 손을 얹어 폭시와 눈을 맞췄다.

"오늘 축제인데 재미 좀 봤어?"

폭시가 산딸기를 눈짓하며 어깨를 으쓱하고는 '보시다시피.' 소리 없이 대답했다.

무서운 전염병이 실바를 덮친 암흑의 시대에, 폭시 어머니도 병에 걸렸다. 몇 번의 고비 끝에 간신히 회복했지만 폭시를 낳은 뒤 기력이 쇠약해졌고, 결국 몇 해 전 목숨을 잃었다. 요즘은 아버지마저 건강이 좋지 않아 일을 쉬는 중이었다. 그 탓에 어린 폭시가 직접 상자를 매고 사람들에게 과일을 팔기 시작했는데, 어른들도 혀를 내두를 정도로 장사 수완이 좋았다.

"오히려 축제라서 덜 팔려요. 먹을 게 너무 많으니까."

폭시의 시선이 닿은 곳에 꼬치구이 상점이 있었다.

"나는 고기보다 과일이 좋더라. 폭시, 나 한 바구니만 줄래?"

베아의 말이 끝나기 무섭게 폭시가 허리에 찬 대나무 바구니에 산딸기를 넘치도록 담아 건넸다. 폭시는 오늘 장사를 위해 밤새 대나무 바구니를 만들고 숲에서 산딸기를 땄을 것이다.

만약 부르인의 선택을 받지 않았다면…… 생각하며 베아가 주머니에서 동전을 건넸다.

"그럼 축제 재미있게 즐기세요."

폭시가 환한 얼굴로 뒤돌아섰다. 제 몸피만큼이나 커다란 상자를 목에 걸고 폴짝폴짝 잘도 뛰어갔다. 허리에 찬 대나무 바구니가 방울처럼 딸랑거렸다.

"그런 눈으로 안 봐도 돼."

누군가가 툭 어깨를 건드렸다. 베아가 눈을 돌린 곳에 타이가 서 있었다. 황금빛 눈동자가 멀리 사라져 가는 폭시의 뒷모습에 닿았다.

"저 녀석 일찌감치 한 상자 다 팔고 두 번째 상자였어. 오늘 축제에서 가장 재미 본 건 아마 폭시일걸?"

폭시의 장사 수완을 모르는 이는 없었다. 하지만 만약 어머니가 살아 있거나 아버지가 아프지 않았다면 폭시는 산딸기를 팔러 다니지 않았을 것이다. 다른 꼬마들처럼 마음껏 축제를 즐겼겠지.

타 부족과의 전쟁, 가뭄과 홍수, 원인 모를 전염병이 마을을 휩쓸 때마다 안타까운 죽음이 그 수를 더해 갔다. 전염병으로 베아는 부모님을, 폭시는 어머니를 잃었고, 전쟁으로 울피는 부모님의 죽음을 눈앞에서 목격했다. 반복되는 비극을 막기 위해 무엇을 어떻게 해야 하는지 베아는 거듭 고민할 수밖에 없었다.

'우리에게 없는 힘이 그들에게는 있습니다.'

어쩌면 그 해답은 전설의 땅 사라아를 찾는 것에서 얻을지도 몰랐다. 부르인이 말한 피프족의 왕을 찾아 동맹을 맺는다면 그 지혜를 얻게 되지 않을까.

"두고 봐. 우리 마을에서 가장 큰 상점을 차릴 테니까. 대단한 녀석이야."

타이가 은근슬쩍 바구니 안으로 손을 뻗었다.

"폭시가 영특한 건 나도 알아. 그런데 너는 왜 허락 없이 남의 산딸기를 먹는데?"

베아가 찰싹 타이의 손등을 때렸다. 가만 놔두면 산딸기를 모두 먹어 치울 기세였다.

"정말 치사해. 알았다. 누가 공짜로 먹겠대? 나도 사면 되잖아. 우리 꼬치 먹으러 갈까? 토끼 고기로 만든 건데 오늘 폭시 산딸기랑 아주 경쟁이 치열해."

"됐네요. 너나 많이 먹어. 나는 이것으로 충분해."

베아가 산딸기를 오물거리며 말했다.

"잘 좀 먹어라. 그러니까 나처럼 못 큰 거 아니야?"

"그게 먹는 것 때문이냐? 네가 비정상적으로 큰 거지."

베아가 산딸기를 허공에 던져 입으로 받았다. 입안에 새콤달콤한 향이 퍼지자 온몸까지 상쾌해지는 기분이었다. 주로 고기만 좋아하는 타이와 달리 베아는 여러 음식을 고루 잘 먹었다. 과일과 곡식은 물론이고 꿀을 특히 좋아했다.

"아! 꿀에 찍어 먹으면 맛있겠다."

중얼거리는 베아를 향해 타이가 고개를 내저었다.

"너는 쓴 약초도 꿀에 찍어 먹으면 맛있다고 할 거야."

"몸에 좋은 약초를 달게 먹으면 좋……."

말을 다 끝내기도 전에 타이가 쿡 베아의 팔을 찔렀다.

"저기 봐라. 허! 저 자식이 웬일이냐? 누구만큼이나 오늘도 대련장에 있을 줄 알았는데?"

베아가 시선을 옮긴 곳에 울피가 있었다. 무슨 일이라도 생긴 건지 부지런히 걸음을 옮기는 모습이 심상치 않았다.

"질투하지 말고, 너도 열심히 해."

베아의 한마디에 타이는 미간에 굵은 주름을 새겨 넣었다.

"누가 질투를 해? 내가 저 자식을? 산딸기에 독이라도 들었냐? 무슨 헛소리야?"

요즘 화이거가 남들 눈을 피해 울피를 자주 만난다는 소문이 돌았다. 늦은 밤과 이른 새벽 화이거의 집에서 나오는 울피를 본 사람이 여럿이었다. 그 사실을 정작 같이 사는 타이만 모르고 있었다. 어쩌면 모른 척하는 것인지도 몰랐다. 화이거는 솔이기 이전에 그의 아버지였다. 안 그런 척하지만 아버지에게 외면당하는 건 생각보다 힘들 테지.

"야!"

베아가 산딸기 한 개를 타이에게 던졌다.

"너도 욕심 좀 부려. 아니면 울피처럼 머리 좀 쓰든가. 너 그러다 진짜 울피가 솔 되면 어쩔래?"

"그 자식이 되면 되는 거지. 대신 나는 전사 안 해. 미쳤냐? 그 자식 밑에서 명령받게?"

타이가 턱을 쓰다듬으며 두 눈을 가늘게 떴다.

"폭시랑 손잡고 동업할까? 괜찮을 것 같은데."

"미친 소리만 한다."

베아가 산딸기를 입에 가득 넣고 우물거렸다. 잘근잘근 씹고 싶은 건 상큼한 딸기가 아닌 대책 없는 저 녀석이었다. 타이는 자신이 얼마나 대단한 힘과 재능을 가졌는지 알지 못했다. 조금만 성실하고 신중하면 솔이 될 텐데. 사계의 여신들은 타이에게 능력을 주었지만 안타깝게도 그 가치는 알려 주지 않았다. 마치 꼬마들이 황금 지팡이로 바닥에 그림을 그리는 것과 같달까? 꼬마들은 황금이 얼마나 귀한지 그 참가치를 모른다.

"뭐가 미친 소리야? 전사들의 수장이 안 되면 죽기라도 해? 나는 솔의 아이들에 뽑힌 것만으로도 충분해. 덕분에 어디 가서 나 하나 지킬 힘은 생겼잖아."

타이가 깍지 낀 두 손을 머리 위에 얹었다. 커다란 호박색 눈동자가 오색으로 화려한 광장을 둘러보았다.

"뭐, 나 하나 전사가 안 된다고 비스족에 무슨 일이 생기겠냐? 안 그래도 막강한데."

"전사들만의 힘으로 부족을 지키는 시대는 끝났어. 우리도 다른 힘이 필요해."

'다른 힘?' 되묻는 시선으로 타이가 커다란 눈을 끔뻑였다.

"그건……."

베아가 말을 멈추고 또다시 생각에 잠겼다. 부르인은 그 힘을 눈에 보이지 않는 지혜라고 했다. 피프족의 길을 따라가 보면 지혜의 정체를 알 수 있지 않을까. 베아는 반드시 그 해답을 손에 넣고 싶었다.

"왜 말을 하다 말아? 다른 힘이 뭔데?"

타이가 불퉁거렸다. 베아는 입술 끝을 잘근거렸다. 환청처럼 부르인의 목소리가 울렸다.

'아니야. 굳이 베아 네가 갈 필요는 없어. 화이거의 말처럼 단순한 소문일 수도 있다.'

'하지만 피프족이 동굴에서 모두 사라진 건 사실이잖아요. 그들이 케이브로 들어가는 걸 본 부족들도 있고요. 단순한 소문만은 아닐 거예요.'

'죽음의 숲 케이브를 넘는다고 해서 반드시 사라아를 찾는다는 보장도 없어.'

'제가 쿤의 후계자가 되었다고 해서 반드시 좋은 왕이 된다는 보장이 없는 것처럼요.'

그런 용기가 대체 어디에서 나왔을까. 어쩌면 오래전부터 하고 싶었던 말인지도 모른다. 그제야 흐릿했던 무언가가 조금씩 선명해지기 시작했다. 단순히 쿤의 인정만을 바란 것이 아니었다. 베아는 스스로의 능력을 시험해 보고 싶었다.

"야! 내 말 듣고 있어?"

타이가 왈칵 짜증을 토해 냈다. 베아가 깜짝 놀라 도리질했다.

"별거 아니야."

"그래, 별거 아니다. 그러니까 너도 그만 심각해라."

커다란 손이 부스스 베아의 머리를 헝클어뜨리는데, 멀리서 폭시가 두 사람을 향해 날듯이 뛰어왔다. 어쩐 일인지 조금 전까지 매고 있던 산딸기 상자가 보이지 않았다.

"다행이에요. 아직 여기에 있어서."

폭시가 두 손으로 무릎을 짚고는 거칠게 숨을 몰아쉬었다.

"무슨 일이야, 폭시? 산딸기 상자는 어디 있어? 혹시 애들이 괴롭히기라도 해?"

베아가 묻자 폭시가 허리를 펴고는 도리질했다.

"솔님이 베아와 타이를 찾아오라고 했어요. 지금 즉시 찾아오면 산딸기를 모두 사 준다고 약속했거든요. 빨리요, 빨리 가요."

폭시가 다급하게 손을 잡아끌었다. 베아가 고개를 돌리자 타이가 어깨를 으쓱했다. 모른다는 의미였다.

폭시의 재촉에 베아가 주춤주춤 걸음을 옮겼다. 등 뒤에서 경쾌한 음악 소리가 들려왔다. 봄의 여신을 배웅하는 축제는 시간이 지날수록 뜨겁게 무르익어 갔다.

4.

폭시를 쫓아 도착한 곳은 예비 전사들이 무예를 익히는 대련장
이었다. 베아와 타이가 진짜 검으로 승부를 봤던 바로 그곳이다.

"뭐야, 저 자식. 축제가 아니라 여기 오려던 거네?"

타이가 구시렁거린 이유는 대련장 한가운데 서 있는 울피 때문
이었다. 단상에는 며칠 전과 똑같이 부르인과 화이거가 앉아 있었
다. 두 사람이 도착하기 무섭게 전사들이 모든 문을 닫고는 대련
장을 빠져나갔다. 대련장에는 오직 다섯만이 남아 있었다.

"미안하구나. 한창 축제를 즐길 시간에."

부르인이 얼굴 가득 미소를 담으며 말했다.

"너는 내가 왜 불렀는지 알고 있지?"

베아가 대답 대신 고개를 끄덕였다. 타이가 곁눈질하고는 '나는
전혀 모르겠는데?' 싶은 표정으로 콧잔등을 긁적였다.

"축제가 끝나기 전에 결정하는 게 좋을 듯싶다. 마지막으로 묻

겠다. 네, 아니오로 대답해라. 베아, 네 결정이 정답이다. 우리는 너의 선택을 존중할 것이다."

부르인이 단어 하나하나에 힘을 실어 천천히 말했다. 베아가 고개를 돌려 좌우에 서 있는 타이와 울피를 번갈아 보았다. 타이는 여전히 상황 파악이 안 된다는 얼굴이었고, 울피는 언제나처럼 감정을 읽을 수 없는 차분한 눈빛으로 솔을 쳐다보았다.

사실 이 상황이 이해되지 않는 건 베아도 마찬가지였다. 물론 부르인의 질문은 이해했다. 정말 케이브에 들어가 사라아를 찾은 후 피프족의 새 왕을 만나겠냐고 묻는 것이다. 하지만 그 대답을 왜 타이와 울피도 함께 들어야 하는지 알 수 없었다.

"대답하면 알게 될 거다."

부르인의 한마디가 마음을 꿰뚫었다. 베아의 시선이 발끝으로 떨어졌다. 마지막 기회라는 생각이 들자 가슴이 미친 듯이 두근거렸다. 누구도 강요하지 않았다. 만약 두 사람의 대화를 엿듣지 않았다면 케이브도, 피프족의 새 왕도, 그들이 찾았다는 전설의 땅 사라아까지도 모두 뜬소문으로 흘려버렸을 테다.

'내 선택이 정답이라 했어.'

시간이 지나 자연스레 왕좌에 앉으면, 쿤이 선택한 아이 그 이상의 가치를 증명할 기회는 영원히 잃게 된다. 베아가 결심한 듯 주먹을 움켜쥐고는 고개 들어 쿤을 올려다보았다.

"네, 가겠습니다."

부르인의 속눈썹이 파리하게 떨렸다. 화이거의 두 눈에 싸늘한 섬광이 지나갔다. 쇳덩어리보다 무거운 공기가 베아의 어깨를 짓눌렀다.

"좋다. 그럼 너는 이제 이곳으로 올라오거라."

쿤의 명령에 베아가 단상 위로 갔다. 의자에 앉자 너른 대련장이 한눈에 들어왔다. 그녀의 곁으로 쿤 부르인과 전사들의 수장 화이거가 앉아 있었다.

"베아는 곧 실바를 떠나 케이브로 들어간다. 그리고 피프족이 찾아낸 전설의 땅 사라아에서 그들의 새 왕을 만나게 될 것이다."

부르인이 자리에서 일어나 대련장에 남아 있는 타이와 울피에게 말했다.

'이게 무슨 소리야?' 싶은 타이와 달리 울피는 여전히 표정 없는 얼굴로 단검을 던지는 과녁판처럼 말없이 서 있었다.

"베아는 앞으로 비스족을 이끌 쿤의 후계자다. 그리고 너희들은 곧 전사가 될 것이다. 비스족의 전사는 쿤의 명령에 복종하고 쿤을 보호할 의무가 있다."

"잠깐만요. 지금 어디를 간다고요? 베아, 너 케이브가 어떤 곳인지……."

"닥쳐라. 쿤이 말씀하신다."

화이거가 소리쳤다. 타이의 눈이 아버지를 쏘아보았다.

"쿤의 후계자를 호위하며 함께 케이브에 들어갈 예비 전사가 필요하다. 솔이 제일 먼저 울피, 너를 지목했다."

울피를 바라보던 쿤의 시선이 타이를 향해 움직였다.

"하지만 나는 타이를 지목했다."

"미치겠네."

타이의 입에서 쳇 소리가 터져 나왔다. 울피는 위아래 입술이 붙어 버린 듯 단 한마디도 내뱉지 않았다.

"케이브는 저 혼자……."

부르인이 손을 들어 베아를 막아섰다. 괜한 말 하지 말라는 뜻이었다.

"너를 위해서가 아니다. 비스족의 미래가 걸린 일이다."

부르인의 시선이 두 사람에게로 옮겨 갔다.

"하지만 너희에게도 강요는 할 수 없다. 싫으면 싫다고 말해라. 너희들의 선택이 곧 정답이다."

넓은 대련장에 싸늘한 바람이 휘돌았다. 금방이라도 터질 듯 팽팽한 공기를 뚫고 울피가 입을 열었다.

"가겠습니다."

낮고 차분한 대답이 들려왔다.

"좋다. 그럼 쿤의 후계자와 케이브로 들어갈……."

"저기요. 나는 아직 대답 안 했는데요?"

타이가 팔짱을 끼고는 한쪽 다리에 힘을 실었다. 그렇게 삐딱한 시선으로 아버지의 말을 잘랐다. 화이거의 미간에 굵은 주름이 잡혔다.

"네 대답은 뭐지?"

타이가 눈을 들어 베아와 마주했다.

"내가 갈게요. 이 자식보다 내가 가는 게 베아도 편할 테니까."

"소풍 가는 거 아니거든."

울피가 툭 한마디 내뱉었다.

"그러니까 너보다 내가 가는 게 좋지. 여러모로 말이야."

타이의 입가에 또렷한 조소가 지나갔다.

"솔이 먼저 나를 지목하셨어."

"멍청하기는, 나를 지목한 분은 쿤이야."

커다란 덩치들이 정작 다섯살 꼬마들도 안 할 유치한 말싸움을 하다니. 베아가 피곤한 표정으로 이마를 짚었다.

"그럼 너희 둘 다 쿤의 후계자와 함께 가겠다는 것이냐?"

부르인이 물었다. 두 사람이 동시에 "네."라고 대답했다.

"알다시피 케이브에서 살아 돌아온 사람은 없다."

"돌아온 사람이 없을 뿐입니다. 그 안에서 진짜 죽었는지, 그 너머로 갔는지 정확히 알 수 없습니다. 피프족이 그 숲을 넘었다고 들었습니다."

울피가 말했다. 냉철하고 이성적이며 논리적인, 정말이지 울피다운 생각이었다.

"가면 그냥 가는 거지. 겁난다는 말을 길게도 쫑알거리네."

타이가 빈정댔다. 괜한 트집을 잡으며 불퉁거리는, 정말이지 타이다운 태도였다.

"진짜 부럽네. 나도 너처럼 생각이라는 걸 전혀 안 하면서 살고 싶은데 다섯 살 이후로 그게 불가능해졌거든."

울피가 피식 코웃음을 터트렸다.

"다섯 살 이후로 검술도 불가능해졌지."

타이가 길게 휘파람을 불었다.

"그래도 나는 누구처럼 아랫도리도 못 지킬 수준은 아니야."

"이 자식이……."

"그만!"

화이거가 두 사람을 향해 소리쳤다. 베아가 절레절레 고개를 내저었다. 케이브에 들어가기도 전에 진이 빠지는 기분이었다.

"좋아! 그럼 직접 겨뤄 보도록 해라. 이기는 자가 베아와 함께 케이브로 들어간다. 어때?"

부르인이 물었다.

"베이면 살짝 따끔한 검으로 하죠."

타이가 씨익 웃으며 한쪽 입꼬리를 올렸다.

＊

대련장 가득 둔탁한 파열음이 차올랐다. 전쟁이 나도 저렇듯 목숨 걸고 싸우진 못할 텐데. 그나마 다행인 건 미친 두 맹수에게 진짜 검을 던져 주지 않았다는 사실이다. 목검이기에 두 사람 모두 상대에게 일말의 자비도 없었으며 조금의 틈도 내주지 않았다. 타이는 처음부터 압도적인 힘과 실력으로 밀어붙였다. 울피는 날쌔게 피하면서도 상대의 허점을 정확히 노렸다.

베아가 미간을 일그러뜨린 채 입술을 깨물었다. 그 누구도 응원할 수 없었다. 둘 중 이긴 사람이 베아와 함께 케이브로 들어간다. 전설의 땅 사라아를 찾아 피프족의 새 왕을 만나야 하지만, 사실 이 모든 건 케이브를 넘었을 때나 가능한 일이다.

울피의 검술 기량은 놀랍도록 발전했다. 괴물이라 불리는 타이에게 전혀 밀리지 않았다. 울피의 목검이 머리를 겨냥하자 타이가 공중으로 두 바퀴 회전해 공격을 피했다. 예비 전사 중 가장 덩치가 컸지만 대련에서만큼은 토끼보다 빠르고, 봄바람처럼 부드러웠다. 타이를 바라보는 화이거의 두 눈은 언제나처럼 고요했다.

"어이구, 우리 울피 연습 많이 했구나?"

"네가 멍청한 짓 하는 거에 비하면 아직 멀었지."

"목검으로도 충분히 그 가녀린 목은 뚫을 수 있겠지?"

"안 그래도 내가 오늘 그걸 시험해 보려고."

두 사람의 기합을 시작으로 목검이 다시금 허공에서 부딪쳤다. 검은 갈대처럼 휘어지고 새의 날개처럼 펄럭이다 예리하고 날카롭게 공기를 찢었다. 두 사람의 대련은 강하고 위협적이며 또한 아름다웠다.

만약 울피가 진다면 케이브에는 타이와 동행한다. 함께 떠난다면 적잖이 귀찮겠지만 그만큼 편하고 든든할 것이다. 하지만 타이를 큰 위험에 빠뜨릴 수도 있다. 아무리 강해도 케이브에 무엇이 있는지 알 수 없으니까.

만약 큰 이변으로 울피가 이긴다면 케이브에 그와 함께 들어갈 것이다. 베아가 처음 알게 된 친구는 타이였다. 정확히 일 년 뒤 두 꼬마 앞에 울피가 나타났다. 셋은 금세 어울려 놀았다. 숲에서 열매를 따 먹고 작은 동물을 쫓으며 사냥 기술을 익혔다. 여름에는 강에 뛰어들고 겨울에는 눈사람을 만들었다. 그렇게 사계의 여신들이 반복해 돌아올 동안 셋도 서서히 자랐다. 그리고 결국 알게 되었다. 셋은 서로 다른 길을 걸어야 하고, 서로 다른 위치에 올라야 한다는 사실을.

쿵 소리와 함께 울피가 뒤로 넘어졌다. 일격을 피하려다 그만 몸의 중심을 잃었다. 평소라면 하지 않았을 실수지만 상대가 상대이니만큼 체력 소모가 상당했을 테다.

"약속대로 해 줄게."

타이가 울피의 목을 향해 목검을 내리꽂았다.

"안 돼!"

베아가 소리치며 두 눈을 감았다. 정신없이 부딪치던 목검의 파열음이 일시에 사라지고 날카롭게 조각난 공기 사이로 거친 숨소리가 전해졌다. 꽉 움켜쥔 두 손에 땀이 흥건했다. 베아가 감았던 눈을 뜨고는 두 사람을 살폈다. 대련장 한가운데 쓰러진 울피와 그 위에 올라탄 타이가 보였다. 타이의 목검이 울피의 목 바로 옆에 꽂혔다. 자세히 보니 검의 반이 사라졌다. 부러진 게 아닌 바닥에 수직으로 꽂혔다. 얼마나 있는 힘껏 내리꽂았으면 저 둔탁하고 단단한 목검이 땅속에 깊이 박힐까? 자신의 입에서 터져 나온 탄성이 안도인지 허무함인지 베아는 알 수 없었다.

"됐죠?"

타이가 눈을 들어 화이거를 노려보았다.

"네 결정이 정답이다. 원하는 대로 해."

대답은 부르인에게서 나왔다. 타이가 천천히 몸을 일으켰다. 어깨까지 거칠게 들썩이는 걸 보니 온 힘을 다한 모양이었다. 무딘 목검을 흙바닥에 심을 정도이니 온 전력을 다했겠지. 모든 기운이 소진된 건 상대도 마찬가지인 듯 보였다. 바닥에 누운 채 울피는 미동조차 없었다. 그저 넓은 대련장의 공기를 다 빨아들이겠다는 듯 가슴만 격하게 오르내렸다.

부르인이 자리에서 일어나 먼저 등을 보였다. 그 뒤를 언제나처럼 화이거가 따랐다. 대련을 펼친 건 타이와 울피인데 위에서 지켜본 사람 역시 온몸이 욱신거렸다. 베아가 긴 한숨과 함께 땀으로 흥건해진 손바닥을 옷에 문질렀다.

✻

전염병이 창궐한 암흑의 시대에 사람들은 병마와 싸웠다. 그 혼란을 틈타 타부족이 쳐들어왔고 사상자는 걷잡을 수 없이 늘어갔다. 또 한 번의 피비린내 나는 전쟁이 시작되었다. 그 시절 적의 칼날에 목숨을 잃은 사람들 가운데 울피의 부모님도 있었다. 어린 울피는 그날의 참혹함을 고스란히 지켜보았고, 모든 악몽을 자신의 머릿속에 각인시켰다.

부모를 잃은 아이들은 마을에서 거두거나 장인들의 도제로 들어갔고, 갓난아이들은 어느 집 양녀나 양자가 되었다. 전사가 되려고 일찌감치 훈련을 시작한 아이들도 있었다.

울피는 전사가 되길 원했다. 그 간절한 바람을 비스족 모두는 이해했다. 어린 울피를 친아들처럼 키운 이들은 전사들과 솔 화이거였다. 타이가 전사의 몸으로 태어났다면, 울피는 스스로를 전사로 만들었다.

하지만 해를 더할수록 두 사람의 격차는 서서히 벌어졌다. 하루가 다르게 강해지는 타이와 달리 울피는 실력과 체력마저 더디게 성장했다. 그러나 우직하게 자신의 성장에만 초점을 맞췄다. 타이와 비교하면 모든 것이 느리고 약했지만 절대 포기하지 않았다. 늦은 밤 아무도 없는 대련장에 홀로 남아 있는 울피를 타이는 자주 목격했다. 기합과 함께 내리친 목검이 허수아비를 두 동강 내던 날, 울피는 손에 쥔 목검을 힘없이 떨어뜨렸다. 피범벅이 된 손바닥을 잠시 내려다보고는 뒤돌아 대련장을 빠져나갔다.

"그렇게 솔이 되고 싶어? 손을 너덜너덜 걸레로 만들 정도로."

등 뒤에서 날아든 목소리에 울피가 멈춰 섰다. 어둠 속에서 푸른색 눈동자가 빛났다.

"솔이 되려는 게 아니야. 그냥 내가 할 수 있는 한 최선을 다할 뿐이야. 그게 나를 살려 준 사람에 대한 예의니까."

"그런데 하필 그 사람이 전사들의 수장 솔이다?"

타이가 나무에 기대어 팔짱을 꼈다.

"아니. 비스족 모두야. 나는 누구랑 달라서 부모가 많거든."

마을 사람들의 도움과 전사들의 가르침으로 자란 울피였다. 자신을 낳고 키운 비스족의 안위와 평화를 지키는 일이 울피의 의무이자 삶의 목적이었다. 전쟁이란 괴물이 세상에서 가장 사랑하는 이의 목숨을 앗아 갔으니까. 그 진심과 순수한 분노는 전사들의 수장 화이거를 매우 흡족하게 만들었다.

울피는 한 걸음씩 더디고 천천히 목표를 향해 나아갔다. 그 지독한 끈기가 전사를 넘어 강력한 솔의 후계자 자리까지 그를 올려놓았다. 사람들은 타이를 보며 말했다. 솔이 되기 위해 태어난 아이, 화이거의 뒤를 이을 유일한 후계자라고. 하지만 시간이 지날수록 타이는 솔의 자리가 어떤 위치인지를, 아버지가 왜 울피를 신임하는지를 조금씩 깨닫기 시작했다.

오늘 대련은 이겼지만 아버지의 시선은 줄곧 녀석을 향했다. 그것이 무슨 뜻인지 타이도 모르지 않았다. 어지러운 기억을 털어내려 숲속을 걷는데 등 뒤에서 바스락 소리가 들려왔다. 몸을 돌리자 울피가 있었다.

"네가 쿤의 후계자와 함께 케이브로 들어가겠다고?"

어느 틈에 여기까지 쫓아왔을까. 손가락 하나 까딱 못 할 줄 알았는데 그새 기운을 차린 모양이었다. 녀석은 끔찍할 정도로 많이 성장했다.

"아! 그 잘난 입을 짓이겨 놓는 걸 깜빡했네."

타이의 고개가 왼쪽으로 15도 기울어졌다.

"너는 절대 못 해."

울피의 한마디에 호박색 눈동자가 퍼렇게 안광을 내뿜었다.

"닥쳐라."

"머리가 있으면 생각이라는 것을 해 봐. 네가 과연 베아를……."

울피의 말이 채 끝나기도 전에 타이가 잽싸게 몸을 날렸다. 컥 소리와 함께 녀석이 나무 기둥에 몸을 부딪쳤다. 타이가 두 손으로 울피의 멱살을 틀어쥐었다.

"그래, 네 말이 맞아. 내가 생각이 짧아서 너를 살려 뒀어. 지금쯤 목검이 네 목을 뚫어 버려 평생 찍소리도 못 내게 만들었어야 했는데 말이야."

타이가 으르렁거렸다. 울피가 파란 눈을 반짝이며 입가에 선득한 미소를 띠었다.

"내가 하필 오늘 발이 꼬였지? 그래서 뒤로 넘어졌어."

울피의 입에서 피식 헛웃음이 흘러나왔다.

"너는 하나밖에 몰라."

"그러는 너는 알아?"

타이가 한 번 더 목을 틀어쥐었다. 울피가 미소 지으며 양 손바닥을 들어 보였다.

"물론. 나는 네가 아는 것도, 네가 모르는 것도 알고 있지."

"네 녀석이 아는 건 내가 쿤의 후계자와 케이브로 들어간다는 거야. 그리고 나는 반드시 베아와 무사히 돌아올 거야. 다른 건 없어. 그게 전부니까."

"그래? 잘 알고 있네. 분명 그래야 할 거야."

타이가 먹잇감을 앞에 둔 맹수처럼 울피를 노려보았다.

"잘난 척하지 마. 너 역시 모르는 게 있으니까."

그 한마디에 잔잔한 호수 같던 울피의 두 눈이 일렁였다.

'무슨 뜻이야?' 소리 없이 묻는 녀석을 보며 타이가 아랫입술을 짓씹었다. 인간이란 지극히 어리석은 동물이었다. 남의 약점은 훤히 꿰뚫으면서 정작 자신의 약한 부분은 보지 못한다.

"까불지 말라는 뜻이야."

"좋아, 얌전히 행운을 빌어 줄게."

울피가 타이의 손을 거칠게 쳐 내고는 오솔길을 되짚어갔다. 하늘에 어느덧 어스름이 내려앉았다. 이제 곧 밤이 찾아들 것이다. 아직 해가 사라지기 전인데도 성급한 별들이 얼굴을 내밀기 시작했다. 그 반짝임이 어쩐지 불안해 보였다.

타이는 실바의 숲에서 베아, 울피와 함께 뛰어놀았다. 한번은 높은 나뭇가지에 달린 열매를 따려다 울피가 떨어진 적이 있었다. 가을이라 다행히 바닥에 푹신한 낙엽이 쌓여 다치지 않았다. 나무 타기 선수는 베아였다. 오르기 힘든 나무를 보면 제일 먼저 타이를 엎드리게 했다. 그러고는 등을 지지대 삼아 뛰어올랐다. 그날도 날다람쥐처럼 나무를 오르는 베아를 보며 울피가 따라 올라간 것이 화근이었다. 울피는 어릴 때부터 나무 타기에 소질이 없었다.

숲은 그때나 지금이나 조금도 변하지 않았다. 늘 풍요롭고 다채

로우며 아름다웠다. 변하는 건 늘 인간이었다. 떨어지는 와중에도 기어이 열매를 움켜쥔 울피였다. 그렇게 얻은 수확물을 타이와 베아에게 아낌없이 나눠 주었다. 숲의 너른 품에 안겨 즐겁게 뒹굴던 꼬마들은 자신도 모르는 사이 어느 틈에 서로에게 칼을 겨누기 시작했다. 서로 다른 위치에서 보는 미묘하면서도 명백한 시선의 차이가 때로는 검보다도 아프게 서로를 베어 냈다.

"너는 어쩌자고 거기에 간다는 거야?"

흐릿하게 빛나는 별들을 보며 타이가 중얼거렸다. 이 원망이 대체 누구를 향하는지 알 수 없었다. 겁도 없이 케이브에 가겠다는 베아인지 아니면 스스로인지……. 어쩌면 둘 다란 생각이 들었다. 오색으로 물든 하늘이 서서히 검게 변하고 있었다.

∗

늦은 밤이었다. 시종이 문밖에서 화이거의 도착을 알렸다. 혹여 내일 일을 의논하기 위해 왔을까? 별실로 걸음을 옮기는 부르인의 얼굴에 또렷한 의구심이 어렸다.

"다른 건 필요 없습니다. 모두 물러가세요."

문 앞에서 부르인이 명령했다. 뒤를 따르던 시종들이 조용히 몸을 돌려세웠다. 삐거덕 소리와 함께 문이 열렸다. 쿤의 눈짓에 안에 있던 시종도 어둠 속으로 사라졌다.

별실에는 언제나처럼 화이거만 남았다. 그가 자리에서 일어나 쿤에게 예를 갖췄다.

"이제 진짜 여름입니다. 축제도 끝났으니 다시 일상으로 돌아가야 하지 않겠습니까. 앞으로 바빠질 것 같습니다."

부르인이 말을 멈추고 '아차!' 싶은 표정을 지었다.

"후계자 임명은 잠시 미뤄야겠네요."

"두 아이를 정말 케이브에 보낼 생각이십니까?"

화이거의 싸늘한 목소리가 밤공기를 베었다. 부르인의 왼쪽 눈썹이 꿈틀거렸다. 그가 늦은 밤 이곳을 찾은 목적이 분명해지는 순간이었다.

"내가 보내는 것이 아닙니다. 어디까지나 두 아이가 내린 결정이자 정답입니다."

부르인이 말을 멈추고 화이거를 향해 가까이 다가갔다.

"혹여 저 때문이라 생각하십니까? 제가 타이를 추천해서 그 아이가 베아와 함께 케이브로 들어가게 되었으니까요."

"아닙니다. 쿤의 후계자를 보필할 수 있는 건 전사들에겐 가장 큰 영광입니다."

화이거가 깊이 고개를 숙였다.

"그런데 왜 타이가 아닌 울피를 추천하셨습니까?"

"전에도 말씀드렸듯 울피는 생각이 깊고 신중합니다. 쿤의 후계자를 여러모로 잘 보필할 수 있을 것이라 믿었습니다."

"단지 그 이유뿐입니까?"

타이는 화이거의 하나뿐인 아들이었다. 화이거를 바라보는 부르인의 두 눈이 가늘어졌다. 그러나 다른 누구도 아닌 화이거라면 절대로 아들을 위해 다른 희생자를 내세우지 않을 것이다.

화이거가 고개 들어 부르인을 바라보았다.

"다른 이유라면 무엇을 말씀하시는 겁니까?"

솔의 주변으로 짙은 안개가 드리워졌다. 희미한 형상이 아른거리지만 정확히는 보이지 않았다. 묻는다고 대답할 리 없을 것이다. 부르인이 얼굴에 기묘한 미소를 띠었다.

"타이는 솔의 아이 중 최고의 실력을 지녔습니다. 솔의 후계자가 될 그가 쿤의 후계자를 보필하는 건 당연하단 뜻이었습니다."

"타이는 아직 솔의 후계자가 아닙니다."

"그건 누구도 모르죠."

쿤이 걸음을 옮겨 맞은편 의자에 앉았다.

"엊그제까지만 해도 베아가 케이브에 갈 줄은 아무도 몰랐으니까요. 사실 베아가 그런 엄청난 결정을 하리라고는 전혀 생각하지 못했습니다. 내 딸이지만 나는 여전히 베아를 잘 모르겠습니다."

"그 녀석에게 단단히 일러두겠습니다. 조금이라도 위험한 일이 있으면 쿤의 후계자를 모시고 곧바로 돌아……."

"실바로 언제 돌아올지는 타이가 아닌 베아가 정합니다."

부르인의 날카로운 목소리가 벽이 되어 화이거를 막아섰다.

"혹시 모르지 않습니까. 정말 전설의 땅 사라아를 찾아 그들의 새 왕을 만날지. 그들과 동맹을 맺어 비스족에게 더 큰 번영을 선물할지 누가 압니까. 나는 내 딸 베아를 믿습니다."

"쿤께서는 베아를 모른다고 하지 않으셨습니까."

화이거의 황금색 눈동자가 찌르듯 쿤을 보았다. 부르인이 어깨를 가볍게 으쓱했다.

"내가 모른다고 했지, 믿지 못한다고 하지는 않았습니다."

"글쎄요? 정작 믿지 못하는 건 피프족의 허무맹랑한 소문이란 생각이 듭니다. 만약 베아가 정말 죽음의 숲을 무사히 빠져나와 사라아를 찾아낸다고 해도……."

화이거의 입가에 얼음송곳 같은 웃음이 지나갔다.

"만약 그들에게 인질이라도 된다면 전쟁조차 힘들지 않을까요? 그런 최악의 일만은 벌어지지 않도록 사계의 여신에게 기도드리겠습니다. 물론 그 전에 안전하게 돌아오는 것이 비스족을 위해 여러모로……."

탕! 책상 내리치는 소리가 별실을 울렸다. 놀란 시종들이 서둘러 문을 열자 부르인이 천천히 자리에서 몸을 일으켰다. 타오르는 암갈색 눈동자가 화이거를 매섭게 노려보았다.

"걱정과 의심보다는 격려와 축복을 건네는 것이 전사들의 수장 솔의 자세가 아닐까 싶습니다."

솔이 무엇을 걱정하는지 모르지 않았다. 하지만 부르인은 아이들의 결정을 존중하고 싶었다. 실바 너머의 세상이 어떤 모습인지는 풍요의 땅을 벗어나야 비로소 알 수 있다. 케이브가 진짜 죽음의 숲인지, 가장 약한 피프족이 케이브를 넘었는지, 풍요의 땅 사라아는 존재하는지. 어지럽게 휘도는 이 모든 소문과 전설을 베아가 자신의 눈으로 직접 확인하기를 바랐다. 쿤이 아닌 어머니로서 딸의 결정을 응원하려 했다. 만약 도중에 돌아온다 해도, 화이거가 말한 최악의 순간과 맞닥뜨린다 해도 모든 것은 베아가 선택한 길이자 운명이다.

하지만 정말 모를 일이었다. 그 아이들이 죽음의 숲 너머 세상을 보게 될지, 새 왕을 만나 환영을 받게 될지 그 누구도 알 수 없었다. 아직 아무것도 결정되지 않았는데, 마치 베아가 실패하고 인질이 되어 전쟁이라도 일어날 듯 단정하는 화이거가 괘씸했다.

"솔이 돌아갈 겁니다. 늦은 밤이니 정중히 배웅해 드리세요."

부르인은 빠른 걸음으로 별실을 빠져나왔다. 내일도 어김없이 밤이 찾아올 테지. 붉은 태양이 사라지고 하얀 초승달이 깨어나면 두 아이는 먼 길을 떠날 것이다.

"여름의 여신이 좋은 길로 안내하겠죠."

창밖을 보며 부르인이 중얼거렸다. 달빛이 복도 깊숙이 들어와 바닥에 칼끝처럼 뾰족한 무늬를 그려 넣었다.

＊

똑똑 노크와 함께 문이 열렸다. 복도에 내려앉은 어둠 속에서 그림자들이 얼비쳤다. 잠시 뒤 화이거가 안으로 들어섰다. 타이는 물소 가죽으로 만든 조끼를 입었고 가죽신을 신었다. 허리에 찬 장검 문양이 달빛에 반사돼 반짝였다. 솔의 상징인 은빛 호랑이가 먹이를 노리듯 베아를 쏘아보았다. 검을 허리에 차니 타이가 전혀 다르게 보였다.

'진짜 타이랑 가는구나.'

베아가 마음속으로 나직이 속삭였다. 타이를 괜한 일에 끌어들였단 생각에 쇳덩이가 매달린 듯 가슴이 답답했다.

"너희는 아무도 모르게 마을을 떠나라. 베아는 후계자 교육에 들어갔고 타이는 훈련 중 부상으로 당분간 쉰다고 할 예정이다."

부르인이 말했다. 타이는 마음에 들지 않는다는 듯 입술을 비죽거렸다.

"쥐새끼가 한 마리 있는데요?"

"이곳에 남는 게 네가 아니라 울피라는 사실을 명심해라."

화이거가 쓸데없는 걱정은 하지 말라는 투로 말했다. 너보다는 훨씬 입이 무겁다는 조롱이기도 했다. 히죽 웃는 베아와 달리 타이는 솔에게 노골적인 적의를 드러냈다. 짙은 어둠 속에서 두 부자의 황금빛 눈동자만이 뜨겁게 타올랐다.

떠들썩한 배웅도, 슬픈 작별 의식도, 여행의 안녕을 빌어 주는 기도조차도 없었다.

"식량은 간단하게 준비했다. 짐이 많으면 몸이 둔해진다. 나머지는 너희들이 직접 찾아야 할 것이다."

화이거가 베아에게 배낭을 건넸다. 타이의 등에 매달린 것과 똑같은 모양인데 보기보다 가볍고 편했다. 케이브는 언제 어디서 무슨 일이 발생할지 모르는 곳이다. 무겁고 커다란 배낭 탓에 자칫 목숨이 위험할 수도, 괜한 표적이 될 수도 있다. 솔의 아이들은 이런 상황을 대비해 사냥 기술을 터득했고 먹을 수 있는 식물과 그렇지 못한 것도 배웠다. 과연 그 교육이 케이브에서 얼마만큼 유용할지는 직접 경험해 볼 수밖에 없었다.

"이게 너를 지켜 줄 것이다."

베아의 시선이 부르인이 손에 쥔 장검에 닿았다. 황금빛 곰이 매서운 눈초리로 베아를 바라보았다. 비스족의 상징이자 쿤을 나타내는 문양이었다.

베아가 한쪽 무릎을 꿇고는 머리 위로 두 손을 들어 올렸다. 적어도 이 시간만큼은 두 사람 모두 단순한 수련생이 아니었다. 솔의 상징인 은빛 호랑이와 쿤의 상징인 황금빛 곰을 받게 되었으니까. 그들에게 비스족의 빛나는 미래가 걸려 있다. 베아의 두 손 위로 묵직한 검의 무게가 오롯이 느껴졌다.

죽음의 숲

1.

그것이 마지막이었다. 쿤과 솔 누구도 베아와 타이에게 인사를
건네지 않았다. 모든 당부와 충고, 축복과 기도는 두 사람이 허리
에 찬 장검 속에 깃들었다. 베아와 타이가 조용히 길 위에 올랐다.

태양조차 뜨지 않은 이른 새벽이었다. 마을은 깊고 어두운 고요
속에 잠들어 있었다. 풀숲에 숨은 고양이가 인기척에 놀라 몸을
날렸다. 입에 쥐를 문 걸 보니 새벽 사냥에 성공한 모양이었다.

자박거리는 두 사람의 발소리가 크게 들려왔다. 사방은 짙은 어
둠에 싸여 있었다. 흐릿한 윤곽만 드러난 익숙한 마을 풍경이 조
금씩 등 뒤로 멀어져 갔다.

"너 대책 없는 거 싫어하잖아. 그런데 어쩌자고 케이브에 덜컥
가겠다고 했어?"

마을을 벗어나기 무섭게 타이가 입을 열었다. 넓은 들이 끝나고
숲길로 접어들었다. 그제야 베아도 간신히 어깻숨을 내쉬었다. 혹

여 마을 사람이라도 만날까 잔뜩 긴장했다. 발소리마저 줄이려 노력했는데 그럴수록 저벅저벅 소리가 크게 들려왔다. 베아가 대답 없이 멈춰 서서는 지나온 길을 향해 몸을 돌렸다. 멀리 굴뚝에서 새하얀 연기가 피어올랐다. 비스족의 아침이 깨어나고 있었다.

"난 케이브가 목적이 아니야. 사라진 피프족을 찾아서 그들의 왕 탄을 만날 거야."

"그 전설인지 뭔지 하는 사라아에 가려면 먼저 케이브를 넘어야 한다잖아."

베아가 타이에게 짜증 섞인 시선을 던졌다. 이제 겨우 마을을 벗어났는데 웽웽거리는 소리에 벌써 피곤이 몰려들었다.

"지금이라도 안 늦었어. 너는 돌아가도 돼."

"차라리 단도를 던져라. 그게 낫겠다."

타이가 툴툴거리며 산길을 올랐다. 베아가 그 뒤를 쫓았다.

"너는 원래부터 대책이 없지만 왜 갑자기 간다고 했냐?"

"그냥."

타이의 대답은 언제나처럼 단순했다. 그러나 그 한마디에 많은 의미가 담겨 있었다. 아버지에 대한 반항, 울피에게 느끼는 질투 아니면 케이브와 피프족에 관한 궁금증, 이 모든 것을 한데 묶어 '그냥'이라 얼버무렸겠지.

"네가 간다니까."

타이가 툭 한마디 덧붙였다. 베아가 성큼 걸음을 옮겨 녀석과 나란히 보폭을 맞췄다.

"많이 위험할 거야."

베아가 작게 중얼거렸다.

"나도 알아."

타이가 대답했다.

"살아서 못 돌아올지도 몰라."

만약 운이 좋아 케이브를 빠져나간다고 해도 사라아에 진입할 수 있을지는 미지수다. 피프족은 더는 나약하지 않았다. 탄이 그들을 이끌고 있으니까. 그가 비스족을 어떻게 생각할지가 가장 큰 관건이었다. 만약 탄이 비스족에게 우호적이지 않다면 기대하는 결과는 얻지 못할 것이다.

"그것도 알아."

타이의 목소리에 살짝 긴장이 서려 있었다. 두 사람 사이에 짧은 침묵이 이어졌다. 깊게 호흡하자 숲이 내뿜는 차디찬 공기가 폐부 깊숙이 스며들었다.

"운 좋게 케이브를 통과했다고 치자. 사라아에 도착해 피프족의 새 왕, 캉인지 탕인지를…."

"탄이야."

베아가 정정했다. 타이가 못마땅한 얼굴로 쳇 소리를 내뱉었다.

"어쨌든 그 새 왕을 만났다 치자고. 그럼 우리한테 어떤 이득이 있는데?"

"탄이 하늘에서 내려왔다는 소문이 있어."

"그걸 믿어?"

타이가 괜스레 바닥의 돌멩이를 걷어찼다.

"어쨌든 남다른 힘이 있는 건 확실해. 그 약한 피프족을 이끌고 케이브를 빠져나갔어. 사라아를 찾아서 새로운 땅에 부족 전체를 정착시켰다고. 비와 바람과 구름을 움직일 수 있대."

만약 전설의 땅 사라아가 비옥하고 풍요롭다면, 그런 땅에서 비와 바람, 구름까지 움직일 수 있는 왕이 존재한다면, 그곳은 홍수와 가뭄, 어쩌면 무서운 전염병조차 없을지도 몰랐다.

"비와 바람과 구름을 움직이는 건 사계의 여신들만이 가능해."

타이가 쏘듯이 내뱉었다. 물론 그들의 새 왕이 하늘에서 내려왔다거나, 비와 바람과 구름을 움직일 수 있다는 소문을 믿는 건 아니었다. 다만 피프족에게는 예로부터 독특한 무언가가 있었다. 위험을 피해 동굴에 숨어 살았지만 타 부족에게 쉽게 점령당하지 않았고 스스로 자멸하지도 않았다. 그들은 그들 나름의 강한 믿음이 있었다. 적어도 그들이 죽음의 숲 케이브를 통과해 사라아를 찾아 떠났다는 건 사실이었다. 비스족에게 필요한 건 과연 피프족이 어떻게 거기까지 갈 수 있었는지, 그 방법이다.

"어쨌든 나는 무슨 짓을 해서라도 탄을 만날 거야."

사계 여신들의 변덕과 분노, 끔찍한 병마에 대책 없이 무너지는 일, 언제 터질지 모를 전쟁의 두려움까지. 이 모든 문제는 비단 최강의 전사들만으로는 해결할 수 없다. 그러나 두 부족의 지혜와 힘을 합하면 뇨 모를 일이다. 기존에는 없었던 전혀 새로운 해결책을 발견할지도.

"과연 탄이 순순히 자신의 비밀을 털어놓을까?"

말끝마다 불퉁거리는 타이의 입을 딱 한 대만 때려 주고 싶지만 괜한 말썽을 일으키기 싫었다. 녀석도 이 여행이 적잖이 두려울 테지.

"우선은 케이브를 무사히 통과하고 사라진 피프족을 찾아야 해. 뒷일은 그때 가서 생각해도 늦지 않아."

사실 모르기는 베아도 마찬가지였다. 케이브 너머에 있는 사라아를 찾을 수 있을지, 탄을 만나서 우호적 동맹을 맺을 수 있을지 모든 문제가 넝쿨처럼 뒤엉켜 있지만 어느 것 하나 해결할 자신도, 지금 당장 할 수 있는 것도 없었다. 그저 소문으로만 들려오는 전설의 땅을 찾아 한 걸음 또 한 걸음 옮기는 것이 전부였다.

"너는 우리가 피프족과 동맹을 맺을 수 있다고 생각해? 만약 괜히 전쟁이라도 나면……."

베아가 그 자리에 우뚝 멈춰 섰다. 녀석이 걸음을 멈추고 베아를 향해 몸을 돌렸다.

"너 그냥 마을로 돌아가라."

이번 여행이 시냇물에 띄운 나뭇잎처럼 살랑살랑 흘러갈 거라고는 기대하지 않았다. 하지만 시작도 전에 이토록 삐거덕거릴 줄은 생각지 못했다. 이건 다람쥐를 잡겠다며 산속을 헤매는 일이 아니었다. 토끼몰이를 위해 굴을 찾는 사냥놀이도 아니었다. 비스족의 미래는 차치하더라도 당장 두 사람의 목숨이 걸린 일이었다. 한가하게 말싸움이나 할 여유가 없었다.

"내가 없는 얘기 한 것도 아니잖아. 왜 시작부터……."

"그래 말 잘했다. 너야말로 왜 시작부터 엉뚱한 소리만 하는데? 우리가 지금 놀러 가니?"

"누가 놀러 간대?"

타이가 버럭 소리를 내질렀다.

"피프족과 동맹을 맺을 수 있냐고? 우린 그 목적으로 가는 거잖아. 네 허리에 찬 그거."

베아의 손가락이 타이의 장검을 가리켰다.

"은빛 호랑이는 솔의 상징이야. 아무나 가질 수 없다고. 지금 그 검이 네 허리에 있다는 게 무슨 뜻인지나 알고 하는 소리야?"

베아가 목에 핏대를 세우며 소리쳤다. 이 외침은 어쩌면 베아 스스로에게 하는 말인지도 몰랐다. 밀려드는 두려움과 걱정, 초조함과 긴장을 어떻게든 내던지고 싶었다.

"그 중요한 일을 왜 너에게 맡기는데? 그렇게 간절하면 쿤이든 솔이든 직접 하면 되잖아."

타이를 바라보는 베아의 미간에 또렷한 주름이 잡혔다.

"나한테 맡긴 게 아니야. 내가 직접 한다고 했어."

오히려 베아를 막아선 건 부르인이었다. 하지만 그럴수록 떠나고 싶었다. 사계의 여신들이 준 이 기회를 절대 놓치고 싶지 않았으니까. 진짜 쿤의 후계자로 공표되기 전에 자신의 가치를 시험하고 싶었다. 어머니와 비스족과 스스로에게까지.

"그리고 생각 좀 하고 말해. 쿤과 솔이 그렇게 함부로 비울 수 있는 자리야?"

"네. 고매하신 후계자님은 제멋대로 막 자리를 비워도 되고요?"

타이가 뒤돌아 빠른 걸음으로 산길을 올랐다. 베아가 반쯤 멍한 얼굴로 멀어지는 뒷모습을 바라보았다.

"누가 따라오래? 왜 화풀이야? 그냥 울피랑 올 걸 그랬어."

혼자서 중얼거려 보지만 껑충한 뒷모습은 이미 시야에서 사라지고 없었다. 사실 화이거가 베아의 조력자로 생각한 건 울피였다. 마지막 대련에서 타이가 졌다면 지금 베아의 곁에는 울피가 있었을 거다. 분명 지금보다는 덜 시끄러울 것이라는 의미다.

"야! 너야말로 마을로 돌아가고 싶어? 거기서 뭐 해?"

짜증 가득한 목소리가 고요한 산을 울렸다. 베아가 입술을 비죽이고는 걸음을 옮겼다. 덩치만 컸지 여전히 겁이 많은 모양이었다. 하긴 한 번도 가 보지 않은 길 위에 선다는 건 누구에게나 두려운 일이다. 그럼에도 무작정 동행한다니 정말 타이다웠다. 지금 곁에 있는 사람이 단순한 친구라서 베아는 안도했다.

"같이 가자, 울보 꼬맹이."

베아가 산길을 뛰기 시작했다. 허리에 찬 장검의 황금 곰이 들썩거렸다.

＊

케이브는 실바를 감싸는 초록 숲이 아니었다. 죽음의 숲이라 비스족의 전사들조차 쉽게 접근하지 못했다. 솔 화이거는 그런 곳으로 겁 없이 출발한 베아의 어리석음에 웃음이 터져 나왔고, 그 장단에 맞춰 덩실덩실 춤을 추는 쿤도 적잖이 한심해 보였다. 하지만 쿤이 선택한 자였다. 부르인이 왜 그 아이를 후계자로 삼았는지, 오직 쿤만이 알고 있다. 만약 베아가 케이브를 통과해 사라아를 찾고 피프족 탄을 만난다 해도…….

"아니지. 그게 가장 위험한 일이야."

먹이가 순순히 제 입으로 들어오는데 마다할 맹수는 없었다. 비스족 쿤의 후계자가 전사들도 없이 혼자 찾아온다면 피프족에게 그만한 큰 행운도 없지 않을까.

"사계의 여신이시여. 쿤의 어리석음과 오만을 용서하소서. 평화는 누리는 것이 아닌 피로 지켜야 함을 이들은 정녕 모르고 있습니다."

결국 곰 사냥을 시작할 수밖에 없었다. 화이거는 잘 훈련된 추적견을 풀어 자주 다니는 길목에 덫을 설치했다. 목적은 그 커다란 놈을 털끝 하나 다치게 하지 않고 생포하는 것이다. 하지만 그 계획이 불가능하면…….

화이거가 조끼 안쪽 주머니에서 유리병을 꺼냈다. 엄지손가락보다 작은 병 안에 물처럼 투명한 액체가 들어 있었다.

'붉은 뱀에서 추출한 맹독과 얼룩무늬 전갈의 독을 섞었습니다. 어떤 동물을 잡으시려는지요. 사냥철도 아닌데 갑자기 독약을 찾으시는 것이……. 잘 아시겠지만 이것으로 잡은 동물은 절대 먹을

수 없습니다. 먹는 건 고사하고 상처에 닿기만 해도 위험합니다. 매우 신중히 다루셔야 합니다.'

거듭 당부하던 약재상 노인이 불안한 시선으로 화이거를 올려다보았다.

'이 작은 녀석이 제법 강력한 힘을 가지고 있습니다. 아주 작고 나약했던 어린 꼬마가 이렇듯 강하고 멋진 솔이 되신 것처럼요.'

만약 그가 솔이 아니었다면 약재상은 절대 독약을 건네지 않았으리라. 화이거가 물끄러미 노인과 눈을 맞췄다. 가을 낙엽처럼 수분이 빠져나간 얼굴에 굵은 잎맥과도 같은 세월의 흔적만이 고스란히 남아 있었다.

'제가 앞으로 몇 번이나 계절의 여신들을 배웅할 수 있겠습니까. 머지않아 다시 흙으로 돌아가라 신들이 명령하실 겁니다. 그때까지 조용히 주변 정리나 해야지요.'

약재상 노인이 너털웃음을 터트렸다. 군데군데 이가 빠진 곳에서 허허로운 바람 소리가 들려왔다. 그는 현자였다. 누구에게도 오늘 일을 발설하지 않으며 영원히 비밀을 지키겠다는 다짐을 웃음으로 전했다.

세월은 그에게 젊음을 앗아 간 대신 노련한 지혜를 선물했다. 화이거가 탁자 위에 작은 주머니를 내려놓았다. 그 속에 가득 담긴 금화를 보며 노인이 텅 빈 동굴 같은 입을 벌렸다. 화이거는 뒤돌아 약재상을 빠져나왔다.

작은 유리병이 탁자 위에 놓였다. 화살촉에 이 독을 묻혀 사냥

하면 아무리 커다란 짐승도 단번에 쓰러뜨릴 수 있었다. 과연 무엇을 위해 이 위험한 것을 가져왔을까? 화이거의 입에서 무거운 한숨이 흘러나왔다.

그 순간 문밖에서 똑똑 소리가 들려왔다. 달은 겹겹이 쌓인 구름 속에 갇혔다. 숯가루를 뿌린 듯 까맣고 어두운 밤이 뱀처럼 구불거리며 기어갔다.

"들어와."

삐거덕 소리와 함께 문이 열렸다. 서늘한 밤공기가 방 안 깊숙이 밀려들었다. 공기의 변화에 여린 촛불이 힘없이 흔들렸다. 만약 생포가 불가능하다면 결국 죽일 수밖에 없었다. 자칫 흥분한 곰이 날뛰면 많은 것들이 파괴될 테니까. 화이거가 천천히 자리에서 몸을 일으켰다. 작은 유리병은 여전히 탁자 위에 놓여 있었다.

*

마을을 떠난 지 나흘이 지났다. 멀리서부터 개 짖는 소리가 들려왔다. 처음에는 들개 무리인 줄 알았는데 컹컹거리는 사이로 기이한 휘파람이 섞여 있었다.

"휘파람을 부는 개는 없을 텐데? 안 그래?"

베아의 눈짓에 타이가 재빨리 허리춤으로 손을 뻗었다. 풀숲에서 개 두 마리가 모습을 드러냈다. 맹렬하게 짖는 모습과 달리 작고 짧은 다리를 지녔다. 베아는 문득 쿤의 말이 떠올랐다. 겁이 많을수록 더 목소리를 높인다고 했다. 녀석들이 으르렁거리는 건 낯선 인간들이 두렵다는 뜻이었다.

"우리 아기들이 먹잇감을 찾았나 보네."

착착 소리와 함께 눈앞 덤불들이 잘려 나갔다. 그 뒤로 사람이 모습을 드러냈다. 타이의 시선이 그의 손에 쥔 칼에 닿았다. 한쪽만 날이 서 있는 것을 보니, 검(劍)이 아닌 도(刀)였다. 초승달 모양으로 끝이 둥글게 휘어진 칼은 찌르는 것보다 베는 데 유리했다. 다만 칼의 주인이 베아보다 머리 하나는 작고 통통했다. 잠시 으르렁거리던 개들이 재빨리 주인 곁으로 달려갔다.

"고작 한 명인데 뭐."

타이가 베아의 귓가에 나직이 속삭였다. 하지만 그 말을 비웃듯 풀숲에서 착착 소리가 연거푸 들려왔다.

"바보야. 이런 외진 곳을 혼자 다니겠냐?"

베아가 어금니를 사리물며 중얼거렸다. 이제 두 사람 주위에는 다섯 개의 칼날이 햇빛에 반사되어 퍼런 기운을 내뿜었다. 하나같이 키는 작지만 다부진 체격을 지녔다. 무엇보다 토끼처럼 툭 튀어나온 앞니들이 인상적이었다. 베아의 시선이 왼쪽 허공을 더듬었다. 직접 본 적은 없지만 들은 적은 있었다. 초원에서 가축을 키우며 사는 하퍼족이 있는데, 그들 중 초원을 지나는 사람들을 약탈하는 무리가 있다고 했다. 하필 목동들이 아닌 도둑 떼를 만나다니 시작부터 예감이 좋지 않았다.

"꼬마들이 먼 초원까지 웬일이신가?"

가장 처음 나타났던 하퍼족이 말했다. 곱슬곱슬한 머리에 모자를 쓰고 있었는데 밀가루 반죽을 대충 펴놓은 듯한 모양이 우스꽝스러웠다. 재미있는 건 색만 다를 뿐 모두 똑같은 모양의 모자를 썼다는 것이다.

"꼬마들이라고 하기엔 우리가 그쪽보다 훨씬 큰데요?"

타이가 팔짱을 끼며 말했다. 칼자루에 손을 뗀 것은 상대에게 괜한 싸움을 하지 말자는 의미였다. 하지만 말투는 그 반대였다. 베아가 눈치 없는 녀석을 향해 입 좀 다물라는 듯이 미간을 구겼다. '내가 뭘?' 싶은 표정으로 타이가 두 손을 들어 보였다.

"우리가 키 재기나 하자고 너희를 불러 세운 게 아니야."

파란 모자가 제 키만 한 칼을 들어 보이며 말했다. 그가 무리를 이끄는 우두머리임이 틀림없었다. 한 발 뒤에 서 있던 네 명도 각자 칼을 세웠다. 그 즉시 개들이 꼬리를 내리며 풀숲으로 도망갔다. 녀석들도 싸움은 썩 달갑지 않은 모양이었다.

"겁도 없이 달랑 두 꼬마가 이 험한 초원을 지나가려 했다니. 대체 너희는 뭐냐?"

"우리가 누구냐고? 바로 비……."

"케이브를 찾아가는 중이에요."

베아가 타이를 막아서며 빠르게 내뱉었다. 그 한마디에 하퍼족이 웅성거렸다. 파란 밀가루 모자가 손을 들자 소란이 일시에 잦아들었다.

"내 귀가 잘못됐나? 어디를 간다고? 이봐, 꼬마. 너 설마 서쪽 땅에 있는 케이브를 말하는 거 아니지?"

왜 아니겠냐는 듯 베아가 크게 고개를 주억거렸다. 파란 모자의 입에서 허! 소리가 터져 나왔다.

"거긴 죽음의 숲이야. 누구든 한번 들어가면 나오지 못해. 꼬마들아, 거긴 너희 같은 어린아이들이 숨바꼭질하러 가는 곳이 절대 아니야."

"이봐요. 누가 숨바꼭질하러 간다는 거……."

"피프족이 들어갔다는 소문이 있어요. 혹시 알고 있어요?"

베아가 또 한 번 막아서자 타이가 못마땅한 듯 구시렁거렸다. 두 사람을 향해 잠시 멍한 표정을 짓던 파란 모자가 땅에 칼을 꽂고는 비스듬히 기대섰다.

"그래서 너희 둘만 달랑 케이브로 들어가겠다고? 왜?"

"케이브 너머에 사라아가 있다고 했어요."

말이 끝나기 무섭게 파란 모자가 끌끌 소리 내어 웃었다.

"만약 사실이면 너희는 두 가지가 확실해."

그가 허공에 짧은 두 개의 손가락을 들어 보였다.

"첫째는 너희 둘 다 미쳤고, 둘째는 너희 둘 다 죽을 거야."

파란 모자가 어이없다는 듯 고개를 내저었다.

"어린 꼬마들에게 이러고 싶지 않지만 어쩌겠어. 너희가 이 초원에 겁도 없이 들어온 이상 그 대가를 치러야지. 차라리 우리에게 따끔하게 혼나고 다시 집으로 가는 게 오히려 너희들 안전에는 더 좋을 거야."

그가 땅에 꽂아 둔 칼을 뽑아 들고는 타이의 배낭을 가리켰다. 죽고 싶지 않으면 가진 것을 다 내놓으라는 뜻이었다. 혹시나 했는데 역시 하퍼족의 도둑 떼가 틀림없었다.

"이 안에 별거 없어요. 말린 고기랑 물이 전부거든요."

타이가 제 배낭을 벗어 바닥에 내려놓고는 "뭐 해? 너도 빨리 보여 드려." 말하며 한쪽 눈을 찡긋했다. 베아도 짧은 한숨을 내쉬며 등에 멘 배낭을 내려놓았다.

잠시 그것들을 쳐다보던 파란 모자가 입술을 뒤틀었다.

"꼬마야. 금이나 보석처럼 값나가는 것이 없으면 너희 목숨을 앗아 갈 거다."

파란 모자가 타이를 향해 칼을 겨눴다.

"거참 말 섭섭하게 하네. 이봐요, 우리 목숨이 금이나 보석보다 하찮다는 거예요? 와, 되게 자존심 상하네."

성큼 발을 내딛는 타이를 보며 파란 모자가 주춤 뒤로 물러섰다. 아무리 무기를 들고 있어도 자신보다 두 배 가까이 되는 덩치가 다가오면 본능적으로 피할 수밖에 없을 테지.

"그런데 이 꼬맹이가?"

소리치던 파란 모자가 흘낏 타이의 허리춤을 곁눈질했다. 순간 그의 입가에 비릿한 미소가 지나갔다.

"값나가는 게 있긴 하네? 그 칼에 박힌 은호랑이랑 저 황금 곰. 그 정도면 목숨은 살려 줄 수 있어."

슬쩍 자신의 검을 내려다보던 타이가 어쩔 수 없다는 표정으로 어깨를 으쓱했다.

"좋아요. 은호랑이쯤이야. 너는 뭐 해. 빨리 황금 곰 안 드리고."

그것이 타이의 신호임을 베아는 모르지 않았다. 짐을 뒤져 보라며 배낭을 내던진 것부터가 싸움을 준비하라는 의미였다. 아무래도 몸을 가볍게 하는 쪽이 상대와 맞서기 좋을 테니까. 대련을 제외한다면 한 번도 사람을 향해 진짜 검을 겨눈 적이 없었다. 금속성의 소리가 허공을 베어 내고 눈앞에 두 장검이 나타난 순간, 하퍼족도 일제히 공격 자세를 취했다.

"저기요. 저희는 정말 싸우고 싶지 않아요. 그러니까……."

베아의 말이 끝나기도 전에 하퍼족이 공처럼 튀어 올랐다. 앞니만 토끼를 닮은 게 아니었다. 높이 뛰는 수준이 인간 토끼가 따로 없었다.

"어쩐지. 우리를 보고도 태연하다 했어. 칼보다 더한 무기가 있었네."

토끼몰이는 많이 해 봤지만 인간 토끼들을 상대로 검을 휘둘러 본 적은 오늘이 처음이었다. 사방에서 칼날이 내리꽂혔다. 날아오는 칼날을 정신없이 막아 내던 베아가 빠르게 주위를 살폈다.

"타이. 숲으로 뛰어."

베아가 타이의 등 뒤로 바싹 붙으며 작게 소리쳤다.

"도망가자는 거야?"

"잔말 말고 셋 하면 뛰어. 하나, 둘, 셋."

베아가 날아가는 단도처럼 숲을 향해 뛰자 타이가 그 뒤를 쫓았다. 귓가에 하퍼족의 휘파람이 길게 따라붙었다.

"젠장, 인간 토끼에게 토끼몰이를 당하다니."

숲은 밖에서 봤던 것만큼이나 크고 작은 나무들이 빽빽했다. 베아와 타이가 서로 등을 맞대고 주위를 살폈다. 키가 큰 타이가 머리를 건드리는 나뭇가지를 거칠게 쳐 냈다.

"야! 여긴 나뭇가지가 많아. 검을 쓸 때 죄다 걸린다고."

등 뒤에서 타이가 연신 툴툴거렸다.

"정신 똑바로 차려. 곧 토끼들이 몰려올 테니까."

순간 착착 소리가 날카롭게 숲을 베었다. 하퍼족이 초승달 모양의 칼을 휘두르며 숲으로 들어왔다.

"어이! 아저씨, 꼬마들 여기 있어요!"

소리치는 베아의 입을 틀어막으며 타이가 두 눈을 크게 떴다.

"너 미쳤어? 토끼 인간에게 쫓기는 건 우리야."

하지만 이미 늦었다. 착착 소리는 점점 더 가까이 들려왔고 눈앞에 풀숲이 커다란 칼날에 부서지고 베어졌다.

"참 고맙다, 베아. 여긴 우리조차 마음껏 검을 휘두를 수 없는 좁고 낮은 곳이야."

타이가 늘어진 나뭇가지를 신경질적으로 잡아 뜯었다.

"제법 검을 가지고 노는 꼬마들이군. 숨바꼭질은 그만하자고."

울창한 숲 사이로 햇살이 비추고, 둥근 칼날이 경고하듯 그 빛을 튕겨 냈다.

파란 모자가 짧은 휘파람과 함께 손을 들었다. 그러자 하퍼족이 일제히 자리에서 솟구쳤다. 하지만 곧바로 어이쿠, 컥, 단발의 비명이 터져 나오더니, 튀어 올랐던 인간 토끼들이 모자가 벗겨진 채로 바닥에 나뒹굴었다. 그중 한 명은 나뭇가지 사이에 모자가 낀 채 허공에서 버둥거렸다. 베아의 생각이 적중한 순간이었다.

넝쿨 식물들이 땅에서 무성하게 자란 초원은 토끼 인간들에게 최상의 장소였다. 공중으로 마음껏 튀어 오를 수도, 작은 체구를 이용해 금세 덤불 아래로 숨어들 수도 있었다. 도둑 떼가 쓴 모자는 단순히 멋을 내기 위함이 아니었다. 튀어 오를 때 혹시 모를 장애물에 머리를 보호하기 위해서였다. 토끼 인간들을 막는 방법은 간단했다. 머리 위에 최대한 많은 장애물이 있는 곳, 바로 키 작은 나무들이 얼기설기 자라는 숲속이었다.

베아의 칼끝이 쓰러진 파란 모자의 목을 겨눴다.

"보석과 황금을 얼마나 원해요? 이 숲만큼? 아니면 저 초원만큼? 원하는 만큼 내가 다 줄 수 있어요."

타이가 '너는 또 왜 그래?' 싶은 표정으로 고개를 내저었다.

"대신 아저씨 목숨을 가져 가도 돼요?"

칼끝이 목울대를 건드리자 파란 모자가 두 손을 들었다.

"잘못했어. 살려 줘."

"거봐요. 아저씨도 세상에서 가장 값진 게 목숨이잖아요. 다른 사람도 마찬가지예요. 내게 가장 소중한 건 타인에게 똑같이 소중해요."

베아가 눈짓하자 타이가 재빨리 떨어진 칼들을 수거해 땅에 꽂았다. 목검을 대련장 한가운데 심을 정도로 괴력을 지닌 녀석은 칼자루만 남긴 채 모두 땅속 깊숙이 파묻어 버렸다. 푹푹 소리가 날 때마다 도적 떼는 두려움에 몸을 떨었다.

"위험한 장난감은 어른들이 함부로 가지고 놀면 안 됩니다."

탁탁 두 손을 털며 타이가 말했다. 저 칼을 빼내기 위해서는 힘 좀 써야 할 것이다. 베아가 황금 곰을 허리춤으로 돌려보내자 은호랑이도 얌전히 모습을 감췄다. 그제야 곳곳에서 안도의 한숨이 흘러나왔다. 검을 뽑지 않고 이길 수 있는 게 최상이었다. 검을 뽑되 칼끝에 피를 안 묻히는 것이 바람직한 승리라 했다. 베아는 오늘에서야 그 뜻을 알게 되었다.

"그럼, 저희는 갈 길이 멀어서 이만 가 보겠습니다."

하퍼족 도둑 떼가 다시 공격해 올지는 알 수 없었다. 죄 없는 사람을 계속해서 약탈할지도 몰랐다. 다만 자신의 목을 겨누던 차가운 검의 감촉은 쉽게 잊지 못할 것이다. 베아는 저들이 코앞으로 성큼 다가온 죽음을 느끼며 진짜 값진 것이 무엇인지 한 번 더 생각해 보길 바랄 뿐이었다. 가자는 눈짓에 타이가 걸음을 옮겼다.

"피프족의 이동을 봤어. 다만 케이브로 들어갔는지는 몰라."

등 뒤에서 날아든 목소리에 베아가 주춤 멈춰 뒤를 돌아보았다.

"그들의 새 왕을 봤나요?"

파란 모자가 아니라는 듯 도리질했다.

"우린 멀리 있었어. 선두에 어떤 빛이 나오긴 했지. 그 빛이 새 왕인지는 모르겠어. 순식간에 환영처럼 한 무리가 지나가 버렸거든. 꿈을 꾼 것 같은데 확실히 꿈은 아니야. 우리 다섯이 동시에 같은 꿈을 꿀 수는 없으니까."

"그들이 피프족이라는 건 어떻게 알아요?"

파란 모자가 어색한 표정으로 어깨를 으쓱해 보였다.

"나도 몰랐어. 그런데 며칠 후에 피프족이 동굴에서 나와 사라아를 찾아갔다는 소문이 들렸어. 내가 본 것이 피프족의 이동이지 않을까 싶어. 그 이후로 이 초원을 지난 무리는 없었으니까."

가슴에 작은 불꽃이 일었다. 흐릿했던 소문의 윤곽들이 서서히 모습을 드러냈다. 그 첫 번째가 피프족이 새 왕을 따라 새로운 터전을 찾아 떠난 것이고, 두 번째가 그곳이 바로 전설의 땅 사라아라는 사실이었다.

"얘기해 줘서 고마워요."

"그들이 케이브로 갔는지는 나도 몰라."

베아가 웃으며 고개를 끄덕이고는 뒤돌아 걸음을 옮겼다. 그 곁으로 타이가 바투 따라붙었다. 바람이 나뭇가지를 건드리자 사락사락 소리가 들려왔다. 그러나 하퍼족의 휘파람 소리는 더는 들리지 않았다.

＊

꼬박 열흘 가까이 길 위에서 보냈다. 이제 내일이면 케이브에 도착할 것이다. 숲은 생각보다 멀지 않았다. 실바의 서쪽 끝에 위치했는데, 풍요의 땅끝에 있다는 것과 죽음의 숲이라는 악명 때문인지 물리적 거리보다 심적으로 멀게 느껴졌다.

밤이 찾아오자 베아가 나뭇가지를 모아 불을 피웠다. 그사이 숲에 들어갔던 타이가 돌아와 초록 나뭇잎으로 감싼 것을 베아에게 건넸다. 잎을 펼치자 안에는 노란 옥수수 버섯이 있었다.

"나뭇가지 줍다가 발견했어."

불에 구워 먹으면 옥수수처럼 고소하고 쫄깃한 버섯이었다. 어릴 때 구워 먹겠다고 법석을 떨다 산불을 낼 뻔한 적이 있었다. 그 생각에 저절로 웃음이 나왔다. 피식 웃는 베아를 보며 타이가 털썩 맞은편 자리에 앉았다.

베아가 긴 나무 꼬챙이에 버섯을 끼워 불에 익혔다. 생으로도 먹을 수 있는 버섯이라 살짝만 익히면 되었다.

"이 버섯 작아서 잘 안 보이는데 용케 찾았다?"

노란 옥수수 버섯은 주로 비슷한 색깔의 병아리 꽃 주위에 피며 초식 동물들로부터 제 몸을 숨겼다. 잘 살피지 않으면 쉽게 발견하기 힘들었다.

"여긴 제법 많더라."

고소한 옥수수 버섯 향기 사이로 노릿한 기름 냄새가 피어올랐다. 베아가 잘 익은 버섯 한 개를 타이에게 건넸다. 그리고 한 입 먹으려는데 어둠 속에서 바스락 소리가 들려왔다. 손이 재빨리 바닥에 놓인 검으로 향했다. 타이가 느린 동작으로 숲을 향해 고개를 돌렸다.

"발소리야."

베아가 속삭였다.

"얼룩무늬 사슴이야. 아까 숲속에서 봤어."

타이가 심드렁히 대답했다. 그러나 베아는 온 신경을 어둠 속에 집중했다. 사슴은 겁이 많은 동물이었다. 이렇게 환한 불빛 근처까지 오지 못한다.

"아니면 늑대인지도 몰라. 낯선 냄새를 맡고 왔을 거야."

"늑대는 무리 지어 다니잖아."

한 마리라면 괜찮았다. 그런데 만약 여러 마리라면…….

"늑대든 사슴이든 불 근처에는 못 와."

타이가 버섯을 질겅거리고는 불 속에 나뭇가지를 던졌다. 화르르 불꽃이 일어나며 열기가 강해졌다. 이곳은 인적이 드문 서쪽의 숲이었다. 그리고 늦은 밤이었다. 사람이라면 벌써 모습을 드러냈을 테지. 그러나 이 불이 꺼지면 사방에서 짐승들이 몰려들 것이다. 어느 쪽이 더 위험한지는 베아도 알 수 없었다.

"야? 단검 던지기 비결이 뭐냐?"

불꽃을 뒤적이며 타이가 물었다.

"갑자기 무슨 소리야?"

뜬금없이 단검 던지기를 묻다니, 버섯을 먹던 베아가 두 눈을 동그랗게 떴다.

"아까 그 토끼 인간들, 그렇게 튀어 오르니까. 단검을 던지는 게 효율적이지 않을까 잠깐 생각했어. 그런데 잘못 맞으면……."

"급소에 맞으면 크게 다칠까 봐 그렇지?"

타이가 말없이 불꽃을 바라보았다.

"진짜 전쟁이 나면 그땐 정말 사람을 베어야겠지."

"야. 갑자기 단검 던지기에서 왜 전쟁으로 얘기가 튀는데? 너야말로 토끼 인간이냐?"

베아가 버럭 소리를 내질렀다.

"또 모르잖아. 피프족을 잘못 건드렸다가…….'

불꽃을 닮은 황금색 눈동자가 베아에게로 향했다.

"너는 비스족의 새 왕이 될 사람이니까."

베아는 또다시 침묵했다. 타이가 무엇을 걱정하는지 잘 알고 있었다. 만에 하나 정말 피프족을 찾아낸다 해도 비스족에게 우호적일지는 장담할 수 없었다.

"그건 우선 피프족을 찾아낸 후에 걱정하자고."

베아가 손에 쥔 버섯을 내려놓고는 두 무릎을 끌어안았다. 타이가 모닥불에 나뭇가지를 던졌다.

"너 왜 우리가 비스족이라는 걸 말하지 않았어?"

타이 성격상 단순히 비스족만 밝히지 않았을 것이다. 베아가 쿤의 후계자라는 쓸데없는 소리까지 주저리주저리 늘어놓았겠지. 그건 상상만으로도 끔찍했다.

실바를 떠나자 누구도 두 사람을 알아보지 못했다. 타이가 다음 세대 솔이 될 것인지 궁금해하거나, 베아가 쿤의 후계자라는 사실을 아는 이도 없었다. 그것이 오히려 베아를 편하게 만들었다. 이 넓은 초원에서 타이는 타이였고, 베아는 베아였다.

"그냥."

화려하게 춤추는 불꽃들을 보며 베아가 중얼거렸다.

"그럼 이쯤에서 그냥 돌아가는 건 어때?"

타이의 말에 베아가 고개 들어 날카로운 시선을 던졌다.

"너 내 손에 그냥 죽어 볼래?"

"나야말로 그냥 하는 말이 아니야. 아까 네가 그랬잖아. 세상에 목숨보다 귀한 건 없다고. 죽으면 이게 다 무슨 소용이야."

"야! 죽긴 누가 죽어? 왜 시작도 전에 재수 없는 소리를 해?"

베아가 버럭 소리를 내질렀다. 타닥타닥 나뭇가지가 타오르며 허공에 불꽃을 피웠다. 마치 춤추는 불나비들 같았다.

"우리 죽을 수도 있어."

불꽃을 닮은 타이의 눈동자가 여리게 흔들렸다. 베아가 고개 돌려 서쪽의 땅을 바라보았다. 저 끝에 죽음의 숲 케이브가 있다. 만약 저곳에서 목숨을 잃으면 모든 계획이 물거품이 된다.

"그래. 세상에서 가장 중요한 목숨을 지키러 가는 거야."

두렵지 않다면 거짓말일 테고, 지금이라도 모른 척 돌아가고 싶었다. 푹신한 침대와 따뜻한 음식이 있는 집이 그립지만 그럴수록 흔들리는 마음을 다잡아야 했다. 베아의 눈앞으로 실바의 땅에 펼쳐진 아름다운 마을과 사람들이 하나둘 스쳐 지났다.

그들 중에는 제 몸피만 한 상자를 어깨에 메고 과일을 팔러 다니는 폭시가 있었다. 늘 너털웃음을 터트리는 약재상 할아버지와 전사를 꿈꾸는 울피도 있었다.

"알았어. 그만할게. 어쨌든 내일은 드디어 케이브에 도착하게 되니까 오늘은 일찍 자 두는 게 좋을 거야."

타이는 불 속에 나뭇가지를 던져 넣으며 말했다. 베아는 뭔가 더 묻고 싶었지만 침묵했다. 두렵고 불안한 마음은 타이 역시 다르지 않을 테니까.

"타이."

불꽃과 함께 타오르던 호박색 눈동자가 고개를 들었다.

"내가 무슨 짓을 해서라도 너는 머리카락 하나 상하지 않게 할 거야. 무사히 돌아갈 수 있으니까 절대 걱정하지 마."

타이가 아무 말 없이 불꽃에 시선을 두었다. 베아도 불길로 눈을 돌렸다. 타닥타닥 나무 타는 소리가 크게 들려왔다. 불이 있는 한 동물들은 가까이 오지 못할 테지. 밤이 지나고 태양이 떠오르면 다시 길 위에 오른다. 그렇게 죽음의 숲 케이브를 향해 한 걸음 가까이 다가갈 것이다.

오늘 밤은 유독 길 것 같았다. 아니 너무 짧게 느껴질지도 몰랐다. 온종일 산을 넘고 들을 건너왔다. 목, 허리, 어깨, 다리까지 관절 마디마다 쇳덩어리가 매달린 기분이었다. 그런데도 정신은 오히려 맑고 또렷했다.

"피곤할 텐데 눈 좀 붙여."

타이가 바닥에 모포를 깔며 말했다.

"너는?"

베아의 물음에 싱거운 웃음이 날아들었다.

"네 입으로 그랬잖아. 내 호위 무사라고. 잘 재우고 잘 먹여야 결정적인 순간에 나를 지키지 않겠어?"

"그래. 너는 아무도 못 건드려. 죽어도 꼭! 내 손에 죽을 거니까."

"참 예쁘게도 말한다. 그것도 재능이냐?"

"아마도."

베아가 모포 위에 몸을 누였다. 그러고는 두 손을 머리 뒤로 포갰다. 높고도 넓은 광활한 하늘 천장에 별이 반짝였다. 마을을 떠나오자 밤하늘이 조금 더 낮아진 기분이었다. 별이 가까이에 있단 뜻이겠지.

'피프족은 진짜 저 별과 달의 길을 알까?'

타이는 우두커니 앉아 불꽃만 바라보았다. 비강 가득 나무 타는 냄새가 스며들었다. 베아가 가슴 가득 뜨겁고 매캐한 공기를 빨아들였다. 농담처럼 말했지만 그 마음만은 조금의 거짓도 없는 진심이었다.

만약 베아가 오지 않았다면 타이 역시 이 차가운 숲에 있을 필요가 없었을 것이다. 쿤의 후계자와 솔의 아들이라는 관계 따위는 생각하기 싫었다. 두 사람은 어릴 적부터 함께 자란 오누이였다. 무슨 일이 생기든, 어떤 위험이 닥치든 분명 타이를 지킬 것이다. 그것이 베아가 마을을 떠나는 순간 가장 먼저 마음속에 새긴 다짐이자 약속이었다.

베아가 손을 뻗어 검을 가까이에 두었다. 타닥타닥 나무 타는 소리가 자장가처럼 들려왔다. 부드러운 바람이 무거운 눈꺼풀을 덮었다. 까만 밤의 늪 속으로 온몸이 천천히 가라앉았다.

※

생각했던 것보다 케이브는 가까이에 있었다. 이제 내일이면 죽음의 숲으로 들어갈 테지. 나무 타는 소리 사이로 고른 숨소리가 들려왔다. 굵은 나뭇가지를 부러뜨리려던 손이 주춤 멈췄다. 자칫 베아를 깨울지도 몰랐다.

타이가 나뭇가지를 조심히 불 속에 내려놓았다. 화르르 불꽃이 타오르며 강한 숯 냄새가 풍겼다. 멀리서 부엉이 소리가 들려왔다. 야행성인 녀석이 이제 곧 사냥을 준비하는 모양이었다.

타이가 무릎을 세워 두 팔로 끌어안았다. 그러고는 그 위에 턱을 얹었다. 일렁이는 불꽃 너머에 잠든 베아가 있었다. 언제 어디서나 용감했던 베아와 모든 일에 신중했던 울피, 겁이 많고 잘 울던 오래전 꼬마까지. 숲과 계절의 여신들은 세 개구쟁이에게 한없이 온화하고 친절했다.

"왜 여기까지 왔을까?"

타이가 한숨처럼 내뱉고는 두 눈을 감았다.

'사계의 여신은 절대 한자리에 오래 머무르지 않는다. 아름다움과 풍요를 선사하지만 그에 따른 고통도 함께 준다. 가을에 풍년이 들어 기뻐하는 건 잠시란다. 오색으로 아름답게 물든 산과 들은 머지않아 헐벗어 굶주리게 된다. 사람들이 즐겁게 축제를 즐길 수 있는 건 이미 그 땅에 누군가의 피가 스며들었기 때문이야. 명심해라. 풍요와 평화, 그 어떤 것도 그냥 얻을 수 없다. 하나를 얻으면 다른 하나를 잃게 마련이다. 그깟 꿀 몇 방울 얻겠다고 함부로 벌집을 건드렸다가는 자칫 목숨을 잃는 수도 있어. 이 얼마나 어리석은 짓이냐.'

바람 속에 아버지의 음성이 들려왔다.

'그걸 가장 잘 아는 아이가 울피다. 제 부모가 어떻게 죽었는지 두 눈으로 똑똑히 지켜봤으니까. 그 아이에게 타 부족은 모두 적이다. 비스족 중에서도 가장 뜨거운 피를 가지고 태어났지. 문을 활짝 열어 놓고 도둑을 맞는 것보다 문단속을 철저히 하는 게 몇 배 더 현명한 일 아니겠니? 울피는 그것이 정확히 무엇을 의미하는지 잘 알고 있다. 비스족을 위해 누가 솔이 돼야 하는지는 너도 잘 생각해 보길 바란다.'

푸드덕 새의 날갯짓 소리가 들려왔다. 불꽃을 바라보던 타이가 흠칫 놀라 고개를 들었다. 밤의 사냥꾼이 가까이 와 있었다. 부엉이의 낮은 울음소리가 검은 숲 사이사이로 퍼져 나갔다. 다행히 곤히 잠든 베아는 깨지 않았다. 타이가 나뭇가지를 불 위에 넣고는 풀썩 몸을 누였다. 하늘에 흩뿌린 은가루가 금방이라도 쏟아질 듯 반짝거렸다.

"솔 따위 처음부터 관심 없었어요. 늑대 밥으로나 던져 줘요."

아무것도 되고 싶지 않았다. 어떤 위치에도 오르기 싫었다. 사명이나 명령 따위 귀찮고 따분하기만 했다. 그냥 별다른 목적 없이 하루하루 살고 싶었다. 그런데 정신을 차려 보니 너무 멀리까지 와 있었다. 타이가 모로 누워 눈을 감았다. 머지않아 해가 뜰 것이다. 베아의 고른 숨소리가 가까이에서 들려왔다.

2.

베아는 여전히 꿈속인가 싶을 정도로 눈앞에 펼쳐진 상황이 믿어지지 않았다. 반쯤 입을 벌린 채 멍하니 서 있는 타이를 보니 녀석도 비슷한 감정인 모양이었다.

"뭐지?"

타이가 입을 열어 짓눌린 침묵을 거둬 냈다.

"입구? 아니면 문인가 봐."

하늘까지 치솟은 나무들이 거대한 지붕처럼 온 숲을 뒤덮었다. 빽빽한 기둥과 어지럽게 자란 덩쿨들이 단단한 성벽이 되어 외부의 침입을 차단했다. 놀라운 건 그 한가운데 가위로 오려 낸 것처럼 동그란 구멍 하나가 존재한다는 사실이다. 보이지 않는 어떤 힘이 작용한 듯, 나무들이 원형으로 둥글게 휘어지며 숲의 유일한 입구를 만들어 놓았다.

"들어가기도 전에 기죽이네."

죽음의 숲

타이가 거칠게 뒷머리를 긁적였다.

"숲이 아니라 동굴에 들어가는 기분이다."

어쨌든 입구는 발견했다. 이제 남은 첫 번째 과제는 이 숲을 통과해 나머지 출구를 찾는 일이다.

"친절하게 문까지 만들어 주셨는데 안 들어가면 예의가 아니겠지?"

성큼 발을 내딛던 걸음이 그 자리에 멈춰 섰다. 베아가 고개 돌려 뾰족한 시선으로 타이를 노려보았다. 녀석의 손가락 끝에 베아의 겉옷에 달린 모자가 걸려 있었다.

"손 안 치워? 아니면 내가 그 손을 먼저 없애 줄까?"

"겁도 없이. 안에 뭐가 있는 줄 어찌 알고?"

신경질적으로 타이의 손을 거둔 후 베아가 무거운 한숨을 내쉬었다.

"겁이 많아서 안으로 들어가려는 거야. 뭐가 있는지 두 눈으로 확인해야지. 그래야 안심이 될 것 같아서."

다른 방법 있어? 베아가 눈으로 물었다. 타이가 멋쩍은 표정으로 관자놀이를 긁적였다. 여기까지 온 이상 어디에도 퇴로는 없었다. 베아가 저벅저벅 숲의 입구를 향해 들어갔다. 등 뒤에서 타이의 발소리가 바투 따라붙었다.

하늘까지 뻗은 침엽수가 숲을 둥글게 감싼 탓에 주위에는 온통 늦저녁 어스름을 뭉쳐 놓은 듯한 어둠이 고여 있었다. 회색과 푸른색이 뒤섞인 흐릿한 빛줄기가 굵은 창처럼 쏟아져 내렸다. 실바에서는 경험한 적 없는 야릇한 풀 냄새가 났다.

"정신 똑바로 차려."

타이가 장검에 손을 얹으며 경고했다.

"너나 조심해."

온몸의 신경이 눈과 귀 그리고 손끝에 몰렸다. 어깨에 머리카락한 올만 내려앉아도 곧바로 검을 뽑아 들 기세였다. 베아가 깊게숨을 들이마신 후 단전에 힘을 주었다.

걸음을 옮기자 바스락바스락 소리가 크게 들려왔다. 베아가 앞장서고 그 뒤를 타이가 따라붙었다. 낯선 곳에서는 언제 어디서무엇이 튀어나올지 알 수 없으니 전후방 모두 경계해야 했다. 타이는 뒤를 살폈다.

울울하게 자란 나무는 하나같이 크고 높았다. 큰 나무는 성인여럿이 감싸안아도 부족할 정도로 굵었다. 거대한 나무들이 빽빽하게 숲을 덮은 탓에 햇볕이 들지 않았다. 주변에는 실바에서 본적 없는 낯선 식물들이 자라고, 비강 가득 오묘하고 비릿한 냄새가 스며들었다. 확장된 동공이 어둠에 익숙해지며 안쪽으로 들어갈수록 주위가 선명해졌다.

그 흔한 새소리 하나 들려오지 않는 숲은 소름 끼치는 적막감만이 가득했다. 마치 숲 전체가 거대한 눈이 되어 가만히 두 사람을 지켜보는 것 같았다. 베아는 자신도 모르게 마른침을 삼켰다. 꿀꺽 소리가 너무 크게 울려 흠칫 놀랐다. 숲의 침묵에 베아는 점점 더 숨이 막혔다.

"뭐야, 왜 이렇게 조용해?"

타이의 목소리가 검은 숲에 나직이 울려 퍼졌다.

"그저 그런 평범한 숲이네. 괜히 사람들이 헛소문……."

"쉿, 조용히 해."

재빨리 손가락을 세워 입술에 댔다. '왜?' 싶은 타이의 얼굴을 보며 베아가 온 신경을 귀로 집중했다.

"안 들려?"

타이가 고개 돌려 허공을 노려보았다. 그 역시 소리를 잡은 것이다. 타이의 손이 허리춤에 닿자 검에 새겨진 은호랑이가 하얗게 빛났다. 베아가 고개를 돌리자 비 오는 날 물웅덩이를 밟거나 꼬마들이 손으로 조물조물 진흙을 만지는 것 같은 소리가 들려왔다. 중요한 건 그 소리가 조금씩 가까이 다가온다는 사실이었다. 어쩌면 조금씩 커지는지도 몰랐다. 베아의 손도 허리로 향했다.

'목표를 정확히 파악한 후에 검을 뽑아라. 그것이 가장 빠르다. 마구잡이로 검을 휘두르는 건 적에게 허점만 내보이는 짓이다. 결국 적이 아닌 스스로를 위험에 빠뜨리게 된다.'

아무것도, 그 어떤 형상도 눈앞에 나타나지 않았다. 보이지 않는 적을 향해 검을 뽑을 수는 없었다. 베아가 무릎을 굽혀 몸을 낮췄다. 언제 어디에서 무엇이 나타나든 공격할 준비를 했다. 타이는 여전히 베아의 등 뒤를 지켰다.

찰방찰방 꿀렁꿀렁 소리가 조금씩 크게 들려왔다. 소리는 형태가 없었다. 베어 낼 수도 찌를 수도 없었다. 그 순간 무언가 쩍 갈라지는 소리와 동시에 "위험해!" 타이가 외쳤다. 베아가 검을 뽑자 쩍쩍 소리가 끝나기 무섭게 사방에서 알 수 없는 것들이 날아왔다. 두 개의 칼날이 정신없이 허공을 베고, 검이 지나간 자리에 털썩, 툭 무거운 것이 떨어지는 둔중한 소리가 울려 퍼졌다. 두 사람 주위로 동그란 것들이 차례로 바닥에 나뒹굴었다.

"뭐…… 뭐야 이거."

타이가 떨리는 목소리로 더듬거렸다. 베아도 지금 막 그 질문을 하려던 참이었다. 누가 이것들을 던졌을까. 피프족은 아니었다. 그들은 이미 케이브를 벗어나 사라아에 터전을 잡았다고 했다. 그럼 이 산에 또 다른 부족이 산다는 뜻일까.

"위험해, 타이!"

그 순간 또 하나의 둥근 물체가 날아와 타이의 어깨를 때리고 땅으로 떨어졌다. 윽 소리와 함께 녀석이 힘없이 앞으로 고꾸라졌다. 순식간에 일어난 일이라 칼을 휘두를 시간이 없었거니와 타이도 너무 가까이에 있었다.

"어떤 자식들이야! 이런 유치한 짓 하지 말고 나오라고! 숨으면 못 찾을 줄 알아?"

타이는 튕기듯 일어나 허공을 향해 우렁우렁 소리를 내질렀다. 베아가 땅에 떨어진 동그란 것을 가만히 내려다보았다. 크기는 호박만 했는데, 칼날에 반으로 쪼개지자 안에서 끈적한 액채가 흘러나왔다. 벌꿀 같기도 촛농 같기도 했다. 점성이 강한 액체 속에는 어린아이의 주먹만 한 씨앗이 들어 있었다.

"너는 여기 있어. 어떤 자식들이 겁쟁이처럼 숨어서 이런 짓을 하는지 내가 찾아서⋯⋯."

잔뜩 흥분한 타이를 베아가 막아섰다.

"사람이 아닐지도 몰라."

"방금 날아오는 거 보고도 모르겠어? 투석기로 던진 거잖아."

물론 정체 모를 씨앗이 사방에서 날아오긴 했다. 제법 단단해서 타이처럼 덩치 큰 녀석도 어깨를 맞고 고꾸라질 정도였다.

"그런데 돌이 아니야. 이것 봐. 겉이 말랑말랑해."

베아가 칼끝으로 동그란 겉면을 찔렀다. 고양이나 강아지의 발바닥처럼 단단하면서도 말캉거렸다. 딱딱한 물체와는 사뭇 거리가 있었다. 굳이 투석기를 사용할 거라면 이렇듯 말랑말랑한 것을 던지지 않았을 테다.

"투석기로 공격했다면 그렇게 소리를 낼 필요도 없고."

"별난 투석기였나 보지."

타이도 말끝을 흐리며 흥분을 가라앉혔다.

"어? 또 들리는데?"

타이가 소리쳤다. 찰방찰방 꿀렁꿀렁 먼 곳에서 들려오는 기묘한 소리를 향해 베아가 재빨리 걸음을 옮겼다. 투석기를 든 낯선 부족이든, 이상한 괴물이든 이젠 눈으로 직접 확인할 시간이었다.

"같이 가."

타이의 외침을 뒤로한 채 베아가 뛰었다. 그러나 정신없이 숲을 달리던 두 다리는 이내 한 곳에 멈췄다.

"멋대로 혼자 가면 어떡해?"

뒤늦게 따라온 타이가 시근거렸다.

"투석기의 정체를 찾았어."

베아가 뒤돌아 허망한 미소를 지었다.

＊

투석기의 정체는 거대한 꽃이었다. 꽃잎 한 장 한 장이 부채 모양으로 크기가 상당했는데, 꽃 안에 들어 있는 단단하고 동그란 것이 조금 전 두 사람을 공격한 바로 그 꽃씨였다. 찰방찰방 꿀렁꿀렁 소리는 수분을 담뿍 머금은 꽃잎이 가운데로 접히며 내는 소리였다. 봉오리 모양을 만든 꽃은 쩍 소리를 내며 안에 있던 꽃씨를 땅으로 내던졌다.

"우리가 칼로 두 동강 내지 않았다면 자연스레 벌어지지 않았을까? 안에 있는 씨앗이 땅에 스며들어 발아하는지도 몰라."

동그랗고 단단하지만 부드러운 겉껍질은 분명 꽃씨를 감싸기 위해서일 테다. 날아간 꽃씨가 다치지 않고 안전하게 땅에 안착하도록.

"와, 여기 진짜 위험하다. 이렇게 큰 꽃에서 공처럼 단단한 씨앗이 멋대로 튀어나온다고?"

타이가 질렸다는 듯 힘없이 어깨를 늘어뜨렸다. 아무리 생각해도 케이브는 상상 이상으로 기묘하고 새로운 곳임이 분명했다.

"그런데 이 꽃씨 말이야."

베아가 한쪽 무릎을 꿇고는 쪼개진 씨앗 속을 살폈다. 꿀처럼 끈적거리는 액체 속에서 익숙한 냄새가 풍겨 왔다. 베아가 손을 뻗어 질척거리는 액체를 휘저었다.

"너 지금 뭐 하는 거야? 그걸 왜 건드려. 빨리 안 내려놔? 독이라도 있으면 어쩌려고?"

타이는 뱀이라도 밟은 듯 진저리 쳤지만 어쩐지 베아는 꿀렁거리는 느낌이 싫지 않았다. 평소 좋아하는 꿀에 손을 넣고 마음껏 휘젓는 기분이었다. 감촉이 재미있고 신기했다.

"역시 생각처럼 물컹하네."

속 씨앗이 이토록 부드럽고 물컹하니까 더 단단한 겉껍질로 감싼 것이다.

"야⋯⋯. 너⋯⋯ 너 지금 뭐⋯⋯ 뭐 하는 거야? 빨리 그 이상한 거 안 내려놔?"

냄새를 맡는 것뿐인데 타이는 말까지 더듬으며 온몸에 소름이 돋는다는 표정을 지었다. 그러더니 겁에 질린 얼굴로 주춤 뒤로 물러섰다.

"야, 여기서 마늘 냄새 난다."

그냥 마늘이 아닌 꿀에 절인 고소하고 달콤한 냄새였다. 투석기 꽃 씨앗은 부드럽고 따뜻했다.

"너도 맡아 봐. 되게 고소하고 향긋해."

베아가 벌떡 일어나 씨앗을 내밀었다. 뒤로 성큼 물러난 타이가 뚝뚝 떨어지는 끈적한 액체를 보며 잔뜩 미간을 일그러뜨렸다.

"베아, 경고하는데 그거 빨리 버리고 손 닦아. 그러다 병에 걸리면 어떡해."

겉보기에는 썩 깨끗해 보이진 않지만 평범한 식물의 씨앗일 뿐이었다.

"타이, 이거 말이야. 혹시……."

말이 채 끝나기도 전에 타이가 도리질했다.

"베아, 진짜 그러지 마. 내가 말린 고기랑 빵 다 줄게. 그러니까 제발 그거 내려놔."

하지 말라 하면 더 하고 싶고, 보지 말라 하면 더 보고 싶은 게 바로 인간의 본성이다. 만약 누군가가 피프족을 찾아 케이브로 가라고 명령했다면 베아는 지금 이 낯선 곳에 있지 않았을 것이다. 늘 스스로의 결정이 정답이라 강조하던 부르인은 베아의 어떤 선택도 존중했고, 그 믿음이 베아를 케이브까지 오게 했다. 타이가 강력하게 막아설수록 베아는 괜한 오기가 생겼다.

"아니야. 베아, 내가 네 손을 베기 전에 빨리 내려놔."

"팔이 잘리든 먹고 죽든 둘 중 하나네."

베아가 기어이 손에 든 씨앗을 살짝 베어 먹자 그 모습을 본 타이가 입을 막고는 헛구역질을 시작했다.

"괜찮아? 빨리 뱉어. 삼키지 말라고."

하지만 이미 늦었다. 베아의 목이 꿈틀거리며 씨앗을 삼켰다.

"너 지금 무슨 짓을 한 거야?"

가까이 다가와 힘껏 등을 두드리는 타이를 베아가 거칠게 떠밀었다. 제 옷에 묻은 끈적한 액체를 보며 녀석은 금방이라도 울 것 같은 얼굴로 또다시 입을 틀어막았다.

"야, 진짜 꿀에 절인 마늘 같아. 살짝 불에 구운 맛도 나. 되게 달콤하고 고소해."

베아가 끈적한 액체에서 꺼낸 씨앗을 한입 크게 물었다.

"마에서 끈적하게 진액 나오잖아. 그거랑 똑같다고 생각하면 돼. 약간 뒷맛은 쑥 향이 난다. 봄에 해 먹는 쑥떡 있잖아. 그 냄새 랑 되게 비슷하네?"

신기한 씨앗이었다. 불에 익힌 마늘처럼 고소하고 끝맛은 은은 한 쑥 향이 감돌았는데 달콤하고도 쌉싸름했다. 걸쭉한 액체는 마 나 연근을 잘랐을 때 나오는 진액과 흡사했다.

"널 무사히 데려가는 게 내 임무인데 난 죽었다. 케이브에서 이 상한 것 주워 먹고 배탈 났다고 하면 나는 진짜……."

"괜찮아. 정말 먹을 만해. 꿀에 절인 마늘이라니까."

또다시 찰랑찰랑, 꿀렁꿀렁 소리가 들려왔다. 뒤이어 쩍 소리와 함께 동그란 모양의 겉 씨앗이 허공을 갈랐다. 두 사람을 향해 날 아오는 씨앗을 타이가 두 동강 냈다.

"야, 방금 나온 거야? 고소하겠다. 너도 먹어 봐."

"베아."

핏기 사라진 창백한 얼굴로 타이가 입을 열었다.

"차라리 내 목에 칼을 겨눠라. 저 이상하게 생긴 걸 먹느니 네 손에 죽는 게⋯⋯."

타이는 더는 말을 잇지 못했다. 베아가 물컹한 액체 속에서 씨앗을 꺼내고는 한 입 크게 베어 물었다. 그 모습을 본 타이는 결국 뒤돌아 먹은 것을 게웠다.

"아, 진짜! 사람 먹는데 입맛 떨어지게."

베아는 결국 남은 씨앗을 전부 먹어 치웠다. 태초부터 사람이 먹어도 된다고 친절하게 표시된 것은 없었다. 모양을 보고 냄새를 맡고 괜찮을 것 같으면 누군가는 먼저 입에 넣었다. 그중에 독초와 독버섯도 있었겠지. 인간은 다양한 모험 끝에 먹을 수 있는 것과 없는 것을 구분했다. 그리고 베아는 지금 먹을 수 있는 씨앗 하나를 더 발견했을 뿐이다.

베아는 어릴 적부터 호기심이 많았다. 새로운 열매를 보면 곧잘 입에 넣었다. 그 탓에 배앓이하거나 피부병으로 고생한 적도 있었다. 그때도 타이는 음식에 겁이 많았다. 베아가 건네준 열매를 입에 넣고 울상을 지은 적도 여러 번이었다.

"들어 봐! 여기저기서 소리가 들려. 꽃이 제법 많다는 뜻이야."

"언제 어디서 저 흉측한 것이 날아올지 모른다는 뜻이지."

타이가 조금 더 창백해진 얼굴로 말했다.

"아니. 적어도 이곳에서 굶어 죽을 일은 없단 뜻이야."

베아의 한마디에 타이가 또다시 헛구역질했다.

∗

대련장은 수련생들이 뿜어내는 열기로 뜨거웠다. 솔의 아이들이 서로를 향해 목검을 겨누었다. 이들은 머지않아 비스족의 전사가 될 것이다. 평소라면 베아도 있었을 테지. 그 어떤 상대에게도 기죽지 않는 용감한 아이가 환영처럼 눈앞을 스쳤다. 지금쯤 케이브에 도착했을까? 어디 다친 곳은 없을까? 부르인이 생각을 멈추고 도리질했다. 베아는 스스로를 지킬 수 있는 힘이 있었다. 더욱이 타이와 함께 떠나지 않았는가. 쓸데없는 불안은 금물이었다.

솔의 아이들을 가르치는 스승은 교육을 담당하는 전사들이었다. 그들은 수련장 곳곳을 돌며 아이들의 검술 자세와 공격 그리고 방어와 격투를 지도했다.

아이들은 어떠한 환경에서도 살아남을 수 있는 모든 것을 배웠다. 길을 잃었을 때 방향을 잡고, 사냥해 식량을 구하고, 자연에서 얻을 수 있는 재료를 이용해 적으로부터 몸을 숨기는 법도 터득했다. 언제 어디서든 적을 공격할 수 있는 강한 체력과 정신력 그리고 무예를 습득했다. 이들 중 모든 것에서 뛰어난 두 아이가 지금 죽음의 숲 케이브에 있다.

"도착했을까요?"

부르인이 솔의 아이들을 내려다보는 화이거에게 물었다.

"지금쯤 케이브에 있을 겁니다."

화이거가 대답했다.

"걱정되십니까?"

쿤의 물음에 화이거는 침묵했다. 감정을 읽을 수 없는 황금빛 눈으로 물끄러미 솔의 아이들을 바라볼 뿐이었다. 어쩌면 저곳에 없는 누군가를 떠올리는지도 몰랐다. 화이거의 하나뿐인 아들은 지금 죽음의 숲에 있다.

"왜 보이지 않을까요."

부르인의 시선이 한곳으로 향했다. 단순히 베아와 타이의 부재 때문이라 믿었는데, 오늘따라 수련받는 솔의 아이들에게서 유독 커다란 구멍이 느껴졌다.

"그 아이는 어디 있습니까?"

부르인이 재차 물었다.

"어제 훈련받다 조금 다쳤습니다. 평소답지 않게 집중을 못 하더군요."

화이거가 대답했다. 부르인의 눈썹이 움찔거렸다. 확실히 타이와 비교해 힘과 기술로는 한 수 아래였고, 그 사실을 이번 대련으로 또 한 번 증명했다. 하지만 그 아이는 누구보다 신중하고 예리했다. 시합에서 밀리는 와중에도 상대의 빈틈을 놓치지 않았다. 냉철함과 빠른 판단력에 다른 아이들을 이끄는 통솔력까지 갖추었다.

울피가 화이거의 신임을 독차지하는 것도 절대 무리가 아니었다. 하지만 울피에게는 여전히 뜨거운 분노가 엿보였다. 불은 잘 다스리면 축복이 되지만 너무 강하면 재앙으로 번진다. 부르인은 화이거가 울피의 불길을 잘 다스려 주길 바랐다.

"몸이 아닌 마음이 다쳤을 겁니다. 솔께서 면밀하게 지켜보시길 바랍니다."

타이와의 대련에서 패하고 쿤의 후계자와 떠나지 못한 일이 적잖은 상처가 되었을까. 그 답은 오직 울피만이 알고 있을 테다.

"승패는 냉정하죠. 만약 둘이 진짜 적이었다면 울피는 지금 세상에 없었을 겁니다. 승부의 세계에 친구란 존재하지 않습니다."

"우리는 서로 싸우기 위해 전사들을 길러 내는 게 아닙니다. 지키기 위해서지요."

부르인의 시선이 예비 전사들에게로 향했다.

"전사가 되는 길만이 최고의 영예라는 생각도 버렸으면 좋겠습니다. 우리에겐 다양한 분야에서 활약할 수 있는 더 많은 인재가 필요합니다."

"쿤께서는 지금이 평화의 시대라 장담하십니까?"

화이거가 물었다. 부르인이 한 번 더 눈썹을 움찔거렸다.

"수면이 잔잔하다고 해서 물밑 세상까지 예측할 순 없습니다. 겁 없이 들어갔다가는 큰 화를 입게 마련이죠. 영리한 곰은 함부로 벌집을 건드리지 않습니다."

잠시 말을 멈추고 화이거가 다시 입을 열었다.

"비스족의 아이들은 경험으로 알고 있습니다. 전쟁이 터지면 그림을 그리는 붓보다는 적을 벨 수 있는 검이 훨씬 유용하다는 사실을요."

"타 부족을 모두 적으로 봐야 할까요? 함께 상생하는 이웃으로 만들 수도 있죠. 그럴 때는 날카로운 검보다 아름다운 그림을 그릴 수 있는 붓이 몇 배 더 유용하겠죠."

"과연 그럴까요?"

화이거를 바라보는 부르인의 두 눈에 서늘한 기운이 스쳤다. 비스족 모두에게 존경받는 솔은 강하고 냉철하며 엄하고 자비로웠다. 좀처럼 상대에게 감정을 드러내지 않는 차가운 태도는 쿤에게도 마찬가지였다.

그는 전사가 되기도 전인 열다섯의 어린 나이에 첫 전쟁에 참여했다. 뼈가 다 여물지 않은 소년이었지만 당당히 선두에 서서 적을 향해 가차 없이 검을 휘둘렀다. 적에게는 꽃잎 한 장만큼의 자비도 없었다. 타 부족에게 화이거는 악마이자 괴물이며 피에 굶주린 전쟁의 화신이었다. 전쟁이 끝난 뒤 머리부터 발끝까지 온몸이 피투성이가 되어 마을로 돌아왔지만, 그가 흘린 피는 단 한 방울도 없었다. 모든 게 적의 것이었다. 적의 생명이며 삶이었다. 그렇게 열다섯의 어린 나이로 비스족의 전투를 승리로 이끌었다.

화이거는 태양이 두 번 떠오를 동안 죽은 듯 잠에 빠져들었다. 그가 잠에서 깨어났을 땐 눈앞에 쿤이 있었다. 선대의 쿤은 어린 전사가 눈을 뜰 때까지 차분히 인내하며 기다렸다. 그가 다음 세대 솔이 되던 순간이었다. 그는 비스족의 힘의 상징이자 영웅이었다. 쿤과 비스족을 위해 기꺼이 목숨을 내던질 충신이었다. 그러나 부르인은 때때로 화이거에게서 보이지 않는 벽을 느꼈다. 화이거는 비스족의 평화를 지키는 수호자이지만 비스족 이외에 모든 것들을 적으로 간주하는 이분법적 사고를 지녔다. 피가 튀고 뼈가 잘리는 전장에서는 과감하게 검을 휘두르는 그가 개혁과 변화 앞에서는 좀처럼 마음의 문을 열지 못했다. 단 한 걸음도 앞으로 나아가지 못했다.

"외부의 적보다 무서운 것이 마음의 적이죠. 두려움은 막아 내는 게 아니라 이겨 내는 겁니다. 그것이 전사의 정신 아닙니까?"

이 말을 끝으로 부르인이 뒤돌아섰다.

"오늘은 이만 쉬고 싶습니다."

더는 따라오지 말라는 쿤의 경고였다. 부르인은 문으로 걸어가는 동안 늘 그림자처럼 따라붙던 발소리가 들리지 않았다. 밖으로 나오자 더운 바람이 불어왔다. 그녀가 숲에서 날아온 여름의 향기를 폐부 깊숙이 들이마셨다. 그리고 천천히 걸음을 옮기며 지금쯤 죽음의 숲 케이브를 통과할 베아를 위해 여름의 신에게 기도했다.

3.

타이가 품 안 가득 나뭇가지를 주워 돌아왔다. 케이브는 한낮에도 어두웠다. 그런데 이상할 정도로 모든 식물이 크고 높고 무성했다. 빛이 없는 곳에서도 어떻게 잘 자랄 수 있는지, 베아는 자신의 눈으로 보고도 믿기 힘들었다.

숲을 살피며 나아가던 두 사람이 맑은 물이 흐르는 계곡에 이르렀다. 이번에도 먼저 물을 마신 사람은 베아였다.

"베아, 여긴 케이브야. 계곡물에 뭐가 섞였는지……."

"네 물통에 물이 남았니? 필요 없으면 너는 마시지 마. 나는 인간이 물을 마시지 않으면 어떻게 되는지 너무 잘 알거든."

그렇게 마신 물은 이가 시릴 정도로 차가웠다. 햇볕이 잘 들지 않고 낯선 식물들이 자라며 회색과 검은색의 토끼들과 기묘한 날개를 지닌 새들이 사는 것을 제외하고는 케이브는 평범했다. 적어도 지금까지는 그렇다.

"여기 널린 게 나뭇가진데 뭘 멀리까지 다녀와?"

숲이 어두컴컴한 것도 문제지만 이곳에 어떤 맹수가 사는지 알 수 없었다. 잠깐이라도 쉴 때는 불을 지피는 것이 안전했다.

타이가 바닥에 나뭇가지를 내려놓았다.

"혹시 몰라서 주변을 좀 살펴봤어."

"혼자? 무슨 일이라도 생기면 어쩌려고? 아까 늑대 울음소리가 들렸어. 아무래도 숲에 늑대 무리가 있는 것 같아."

"있어도 가까이에 안 와."

타이가 말을 멈추고 슬쩍 눈치를 살폈다.

"솔직히 말할까?"

베아가 궁금한 듯 두 눈을 끔뻑였다. 타이가 주머니 속 부싯돌을 꺼내 탁탁 불꽃을 일으켰다. 나뭇가지에 불이 옮겨붙자 새하얀 연기가 피어올랐다.

"너 그 잘난 씨앗 먹는 모습 보기 힘들어서, 일부러 자리 피했다. 됐냐?"

조금 전에도 베아는 날아온 씨앗 하나를 꺼내 먹었다. 말린 고기나 퍽퍽한 빵보다 맛있는 데다 제법 포만감도 느껴졌다.

"너도 먹어 보라니까? 꿀에 절인 구운 마늘이야."

"야! 난 이상하게 생긴 씨앗이 고기 맛이 난다고 해도 못 먹을 것 같은데, 고작 꿀에 절인 마늘이라고?"

생각하기도 싫다는 듯 타이가 휘휘 손을 내저었다. 어릴 때부터 풀은 거들떠보지도 않던 녀석이었다. 깨끗한 물과 토끼가 있는 케이브에서 타이가 무엇을 먹을지는 안 봐도 빤했다.

서서히 커지는 불꽃들을 바라보다 베아가 주변을 두리번거렸다. 온종일 뭔가 알 수 없는 스산한 느낌이 들었는데 아무래도 나무 때문이란 생각이 들었다.

"있잖아, 저 나무 말이야. 아까 저 아래에도 있지 않았어?"

베아의 손가락이 하늘을 찌를 듯 높이 서 있는 침엽수 중 하나를 가리켰다. 마주 앉아 있던 타이의 시선이 등 뒤로 돌아섰다.

"지금 우리 주변은 온통 저 나무뿐이야."

케이브 숲은 거대 침엽수가 만든 둥근 지붕을 덮고 있었다. 같은 나무라도 높은 것은 하늘 끝까지 뻗었다. 작은 것은 사람 키만 했다. 햇볕을 직접 받는 거목들은 점점 더 위로 뻗고, 그늘에 갇힌 나무들은 성장이 더뎠다. 한 줌 빛을 찾아 기묘하게 뒤틀린 나무도 보였다. 하지만 크기와 기둥 굵기에 차이만 있을 뿐 케이브에 있는 나무들은 모두 엇비슷했다.

"저건 좀 다르게 생기지 않았어?"

저 아래 바위에서 잠깐 쉴 때도 분명 저 나무를 본 것 같다고 생각하는 찰나 뜨거운 불똥이 튄 듯 눈 아래가 욱신거렸다.

"갑자기 왜 그래? 눈에 뭐 들어갔어?"

벌떡 몸을 일으키는 타이를 향해 베아가 손바닥을 들어 보였다. 눈 밑에 상처는 이미 아물었다. 지울 수 없는 흉터가 남았지만 통증은 없었다. 그런데 왜 갑자기 뜨거운 열감이 느껴질까?

"불똥이 튀었나 봐. 이젠 괜찮아졌어."

잠시 화끈거렸던 눈 밑 상처에 열감이 가라앉기 시작했다.

"뭐야. 불똥이 어디에 튄다고 그래."

타이가 미심쩍은 표정으로 미간에 주름을 만들었다.

"너 마늘인지 쑥인지 그 역겨운 씨앗 먹고 이상해졌어."

"다시 말해 봐. 내가 먹은 게 어떤 씨앗이라고?"

베아가 바닥에 돌멩이 하나를 집어 들고는 탁탁 허공에 던졌다 받기를 반복했다. 한 손에 착 감기는 것이 무게와 크기가 아주 적당했다.

"뭐야, 너 설마 지금 나한테 그 돌을 던지기라도 할……."

"너도 역겨운 맛 좀 봐야지."

베아가 손에 쥔 돌을 힘껏 내던졌다. 묵직한 돌은 타이의 머리를 스치고는 바로 뒤에 있는 나무 기둥을 때렸다. 얼마나 세게 던졌는지 고요한 숲에 딱 소리가 길게 메아리쳤다. 놀란 새들의 거친 날갯짓 소리가 들려왔다. 돌에 맞은 나무옹이가 부서지며 바닥에 떨어졌다.

"진짜 던졌……."

"내가 울피가 아닌 것에 감사해라. 단도 던지기 귀신에겐 자비가 없거든. 다음에는 나도 실수 안 해. 경고하는데 남이 맛있게 먹는 음식에 함부로 입 놀리지 마."

타이가 다 포기한 얼굴로 양손을 들었다. 알았으니 제발 진정하란 의미였다. 베아가 툭툭 자리를 털고 일어났다.

"그만 가자."

"벌써? 우리 지금 막 불 피웠어."

"소풍을 즐기고 싶으면 그렇게 여유 부려도 돼."

"사람 질리게 하는 것도 능력이다."

타이가 지쳤다는 듯 두 손으로 얼굴을 쓸어 내렸다. 베아가 부서진 나무옹이를 내려다보고는 뒤돌아 걸음을 옮겼다. 등 뒤에서 자리를 정리하는 부산한 움직임이 느껴졌다. 고개를 들자 울창한 숲 사이사이로 주홍빛 햇살이 얼비쳤다. 해가 조금씩 서쪽으로 기울고 있었다.

케이브에는 거대하고 흉포한 괴수가 산다는 소문도, 악마가 인간의 영혼을 모두 빼앗는다는 소문도 있었다. 사람의 피를 빠는 흡혈박쥐와 황소만 한 거미와 뱀보다도 길고 두꺼운 거머리가 산다고 했다.

케이브는 확실히 실바의 숲과는 달랐다. 꿀렁꿀렁 소리를 내며 커다란 씨앗을 뱉어 내는 꽃과 하늘까지 치솟는 침엽수가 자라고 있었다. 여름에도 이가 시릴 정도로 차가운 계곡물이 흘렀다. 하지만 소문처럼 세상의 온갖 괴물과 악마가 사는 곳은 아니었다.

"뭐야, 너무 조용하잖아. 이러다 진짜 사라아에 도착하겠는데?"

타이가 습관처럼 깍지 낀 두 손을 머리 위에 얹었다.

"진짜 도착하겠다니, 무슨 말이 그래? 사라아가 우리의 최종 목표인 거 잊었어?"

순간 베아는 온몸에 솜털이 쭈뼛 섰다. 그것이 타이의 엉뚱한 말 때문인지, 조금 전부터 느껴지는 이상한 기운 탓인지는 알 수 없었다.

"너는 정말 연약한 피프족이 사라아를 찾았다고 생각해?"

타이가 걸음을 멈췄다. 동시에 베아도 그 자리에 멈춰서 몸을 돌렸다.

"일부러 같이 와 달라고 한 적 없어. 싫으면 지금이라도 돌아가. 누가 너보고 이 고생을 하라고 했어?"

"내 말은 그런 뜻이 아니잖아. 난 그냥 네 생각을 묻는 거야. 피프족이 진짜 이 산을 넘어 사라아를 찾았는지 확신할 수 없잖아."

타이가 말을 멈추고 아랫입술을 짓씹었다.

"확신할 수 없으니까 직접 확인하겠다는 거잖아. 아무도 직접 본 사람이 없으니까. 내가 두 눈으로 똑똑히 보고 오겠다는데 왜 자꾸 같은 말을 반복하게 만들어."

베아의 짜증 섞인 한마디에 타이가 가까이 다가왔다.

"그걸 왜 굳이 네가 확인해야 해? 그깟 사라아를 찾지 않아도, 네가 쿤의 후계자라는 건 변함이 없어. 너는 이미 자격을 갖췄다고. 그러니 지금이라도 돌아가자."

"내가 쿤의 후계자라서 이러는 거 같아? 쿤에 어울리는 자다, 어떤 증명이라도 받기 위해 이러는 것 같냐고!"

또다시 눈 밑이 욱신거렸다. 상처에서 시작된 열감이 서서히 온몸으로 퍼져 나갔다.

"쿤의 후계자라서가 아니야. 난 비스족의 한 사람으로 사라아를 찾고 싶을 뿐이야. 무슨 짓을 해서라도 그들과 동맹을……."

베아가 말을 멈추고 진한 암갈색 눈동자를 부풀렸다.

"타 부족과 동맹을 맺는 일이 그렇게 단순한지 알아? 너는 쿤의 후계자로서 네 몸을 안전하게……."

"조용히 해."

베아가 손을 들어 입을 막고는 타이의 등 뒤를 노려보았다. 이상함을 감지한 타이가 눈짓했다.

"나무가 따라왔어."

베아가 조용히 속삭였다.

"무슨 소리야, 뭐가 따라와?"

분명 그 나무였다. 조금 전 베아가 돌멩이를 던져 옹이를 부서뜨린 나무가 또다시 타이의 등 뒤에 서 있었다. 아무리 비슷한 나무라 해도 뻗어 있는 가지가 달랐다. 어린 시절 줄곧 숲에서 놀던 베아였다. 나무 타기 하나만은 누구보다 자신 있었다. 나무를 보면 전체적인 생김새가 한눈에 들어왔다. 어디를 어떻게 밟고 올라갈지 자연스레 파악되었다. 숲을 걷는 내내 똑같은 모양과 똑같은 크기의 나무가 자꾸 눈에 띄었다. 처음에는 단순히 착각이라 생각했다. 혹시나 하는 마음에 일부러 돌을 던져 표시해 두었는데, 옹이가 부서진 나무가 또다시 눈앞에 나타났다.

"검 빼."

베아가 명령했다.

"뭐?"

여전히 상황 파악이 안 된다는 듯 타이가 머뭇거렸다.

"검 빼라는 말 안 들려?"

그 순간 거대한 나무가 움직이며 가지들이 채찍처럼 날아들었다. 베아가 타이를 밀치고는 재빨리 검으로 가지를 잘라 냈다.

"이게 뭐야?"

뒤늦게 상황을 인지한 타이가 허리춤에서 장검을 빼 들었다.

"뭐긴 뭐야, 움직이는 나무지. 너무 조용해서 여기가 케이브인지 깜빡했다."

베아가 말을 끝내기도 전에 케이브 숲을 찢는 굉음이 터졌다. 잠시 뒤 꼿꼿했던 나무가 몸을 뒤척이더니 거대한 뿌리를 빼내고는 천천히 움직였다.

"설마 저렇게 쫓아왔는데 눈치 못 챘던 거야? 내가 그 정도로 둔하진 않은데?"

타이가 주춤주춤 뒤로 물러서며 소리쳤다.

"발소리가 워낙 얌전해서 말이지."

어떻게 나무가 소리도 없이 쫓아올 수 있는지, 그보다 나무가 어떻게 살아 움직일 수 있는지 생각할 여유조차 없었다. 두 사람 모두 채찍처럼 날아오는 가지를 피하기에 바빴으니까. 가지를 잘라 내고 끊어 내도 그때뿐이었다. 가지는 굵은 기둥에서 끊임없이 자라나 꿈틀거렸다. 이제 막 알에서 태어난 수백 마리 뱀 같았다. 문제는 그 뱀들이 너무 빠르게 움직인다는 사실이다.

"나 앞으로 정원에 있는 나무들 가지치기 열심히 할 거야."

화살처럼 날아오는 가지를 잘라 내며 타이가 소리쳤다.

"그 전에 우선 살아 돌아가야 하지 않을까."

단순한 나무가 아니었다. 눈앞의 거대한 존재는 움직이는 나무 괴수였다. 괴수가 천천히 두 사람을 향해 걸어왔다. 사방에 뻗어 나오는 가지들은 굶주린 뱀처럼 꿈틀거렸고 잘라 내고 잘라 내도 새롭게 자라났다.

"성장이 대단한데? 목재로 쓰기 좋겠어. 비스족 전체가 쓰고도 남을 거야."

여전히 농담하는 걸 보니 타이는 아직 지치지 않은 모양이었다. 하지만 오래가지 못할 것이다. 나뭇가지는 끊임없이 재생되고 결국 지쳐 쓰러지는 쪽은 두 사람이 될 테니까. 나뭇가지 채찍에 잘못 맞거나 휘감기면 즉시 죽음의 문턱을 넘을 거다. 그러면 사라아는 고사하고 실바와도 영원한 안녕을 고해야 한다.

"너는 이 녀석이 쫓아오는 거 알고 있었잖아. 뭐가 좀 통하는 거 아니야? 제발 진정하라고 해. 우리는 그냥 지나가는 길이라고."

타이가 목을 휘감으려는 넝쿨들을 잘라 내며 소리쳤다.

"말이 되는 소리 좀 해라."

베아 역시 창처럼 날아오는 가지를 재빨리 검으로 쳐 냈다.

"이 상황은 말이 되고?"

움직이는 나무를 상대로 싸우다니, 지금 이 상황을 겪는 사람 조차 현실인지 꿈인지 구분하기 힘들었다. 말해 봤자 아무도 믿지 않을 것이다. 땅속에 깊숙이 뿌리 내린 나무가 사람처럼 걸었다고 하면 옛날이야기를 좋아하는 꼬마 폭시도 비웃을 테다.

타이의 숨소리가 조금씩 거칠어졌다. 베아의 심장도 터져 나갈 듯 격하게 뛰었다. 두 사람 모두 점점 더 체력의 한계에 다다랐다. 언제까지 방어만 할 수는 없었다.

순간 하나의 생각이 베아의 머릿속을 스쳤다.

"뿌리."

또다시 눈 밑에 상처가 욱신거렸다. 베아가 정신을 차리려 세차게 고개를 내저었다. 그러자 어두운 곳에서 초를 켠 듯 여린 불빛이 아른거렸다. 사방으로 뻗은 나무뿌리 중 한 곳에서 붉은빛이 뿜어져 나왔다. 바로 저곳이었다. 저 뿌리가 나무 괴수의 약점이 틀림없었다. 지상으로 나와서는 안 되는 것이 밖으로 나와 버렸다. 혹여 뿌리가 다치고 약점이 노출될까, 나무 괴수는 계속해서 가지로만 공격했다.

"뿌리가 약점이야."

베아가 소리쳤다. 타이가 휘감으려는 넝쿨을 쳐 내고는 몸을 날려 뒤로 물러섰다.

"젠장. 뿌리가 우리 집 기둥보다 두꺼운데 어떻게 공격해. 이게 도끼인 줄 알아? 아니, 도끼라도 안 잘리겠다."

"저 붉은 뿌리만 자르면 돼."

"붉은 뿌리라니? 누가 예쁘게 저 괴물 뿌리에 색실이라도 묶어 놨대?"

역시 타이의 눈에는 보이지 않는 모양이었다. 뿌리를 자를 수 있느냐 없느냐의 문제가 아니었다. 사방에서 나무 채찍과 굵은 창이 날아드는 상황에서는 뿌리까지 접근하는 것조차 불가능했다.

"위험해!"

타이가 베아를 향해 날아드는 가지를 잘라 냈다.

"미쳤어? 지금 주변 경치나 구경할 때야?"

"너 엎드려."

"뭐?"

"빨리 엎드려. 다른 나무 위로 올라갈 거야."

베아의 시선을 따라 타이가 홱 고개를 돌렸다.

"젠장. 다른 나무도 움직이면 어떡해?"

"나를 믿어, 빨리."

"네 선택이 정답이길 빈다. 아주 간절히."

타이가 구부정히 허리를 굽혔다. 베아가 뛰어와 그의 등을 밟고는 공중으로 솟구쳤다. 끈질긴 나무 채찍이 쫓아왔지만 다행히 인간이 한 걸음 더 빨랐다. 베아가 민첩하게 가지를 붙잡고 한 바퀴 휘돌아 올라섰다. 베아가 커다란 나무 위를 오를 동안 타이는 아래에서 나무 괴물의 집중 공격을 받았다.

역시 예상은 빗나가지 않았다. 높은 곳에서 내려다보니 달팽이 촉수처럼 이리저리 뻗는 가지 사이로 동그란 공간이 있었다. 그 아래 유독 붉은색으로 반짝이는 뿌리가 드러났다. 그곳을 보자 또다시 눈 밑에 상처가 화끈거렸다.

기회는 단 한 번뿐이었다. 저곳으로 정확히 착지해 붉은 뿌리를 잘라 내야 한다. 고요한 숲속에 서걱서걱 나무 잘리는 소리만이 가득 찼다.

"베아, 너 뭐 해. 빨리…… 으악!"

타이의 비명이 귓속을 파고들었다. 나뭇가지가 결국 녀석의 발목을 휘감아 공중으로 잡아 올렸다. 한꺼번에 너무 많은 나뭇가지를 상대하다 보니 바닥으로 기어 오는 넝쿨은 놓친 모양이었다. 힘없이 허공으로 솟구치는 타이를 보며 베아가 검을 꽉 움켜잡고 아래로 몸을 날렸다. 칼끝이 정확히 붉은 뿌리를 내리치자 콰지직 소리와 함께 사방으로 뻗던 가지가 일제히 멈췄다. 그러고는 화마에 휩싸인 듯 까만 재가 되어 힘없이 부서졌다. 베아가 어깨를 들썩이며 거친 숨을 내뱉었다.

쿵! 둔탁한 소리가 나며 허공에 거꾸로 매달린 타이가 바닥에 떨어졌다. 베아도 두 다리에 힘이 풀려 그 자리에 주저앉았다. 그러나 꽉 움켜쥔 검만은 절대 놓지 않았다.

케이브에 있는 모든 나무가 움직인다 해도 더는 어쩔 수 없었다. 두 사람 모두 손가락 하나 까딱할 힘이 남아 있지 않으니까.

"이제 나뭇가지라면 자다가도 경기를 일으키겠어."

하지만 불을 피우려면 그 징글징글한 나뭇가지가 꼭 필요했다. 타이는 화풀이라도 하듯 엄청난 양의 나뭇가지를 주워 와서 불 속에 던졌다. 동물들이 불을 무서워한다면 식물들은 더더욱 두려워할 것이다. 물론 어떤 크기인지에 따라서 달라지겠지. 나무 괴수가 다시 깨어난다면 이깟 모닥불 따위 한 방에 꺼 버릴 수 있을 테니까.

"혹시 또 모르잖아. 오늘은 교대로 자는 게 좋겠어. 먼저 눈 좀 붙여."

"아니야. 타이 네가 먼저 자는 게……."

"눈이나 뜨고 말해."

괜찮다는 베아를 타이가 억지로 바닥에 눕혔다. 금방 일어날 거라는 말을 끝으로 베아는 쌕쌕 고른 숨소리를 내며 잠이 들었다. 어쩌면 기절했다는 표현이 더 어울릴 것이다. 타이가 모포를 꺼내 베아에게 덮어 주고는 불 속에 나뭇가지를 넣었다. 햇볕이 들지 않는 숲속 밤은 차가운 겨울이 된다.

"너 어떻게 알았냐?"

잠든 베아를 향해 타이가 속삭였다. 나무 괴수의 약점이 뿌리라는 사실을 어떻게 알았을까. 빛나는 붉은색은 또 무슨 의미일까. 베아는 죽음의 숲 케이브에서 타이가 볼 수도 알 수도 없는 무언가를 보고 느끼기 시작했다.

"진짜 아니길 바랐는데……."

타이의 목소리는 재가 된 나뭇가지처럼 힘없이 스러졌다. 어른들의 이야기 따위는 허무맹랑한 거짓으로 믿고 싶었다. 피프족의 새 왕이 하늘에서 내려왔다거나 그들이 케이브를 넘어 전설의 땅 사라아를 찾아냈다는, 이렇듯 재미없는 소문은 한 귀로 듣고 흘려 버렸다.

'피프족의 이동을 봤어.'

하지만 더는 그럴 수 없게 되었다. 그들의 이동을 직접 목격한 사람이 나타났으니까.

 단순히 소문이라면 베아가 떠난다고 했을 때 쿤이 허락하지 않았을 테지. 솔이 그토록 못마땅한 눈빛으로 두 사람을 보지도 않았을 것이다. 어른들의 세계는 타이의 생각만큼 허술하지 않았다. 어른들이 의심하는 건 분명한 실체가 있고 그들이 두려움을 감지하는 건 반드시 위험이 따랐다. 때문에 타이는 무섭고 겁이 났다. 이 여행의 끝에 무엇이 기다리고 있을지, 과연 베아와 함께 무사히 실바로 돌아갈 수 있을지 알 수 없으니까.

 한숨을 내쉬며 얼굴을 쓸어내리는데 풀숲 너머에서 파삭 소리가 들려왔다. 생각만으로 속이 뒤틀리는 마늘꽃 소리도, 땅을 뒤흔드는 나무 괴수가 움직이는 소리도 아니었다. 타이가 바닥에 내려놓은 검을 잡고는 자리에서 일어나 풀숲으로 걸음을 옮겼다. 덤불 속에서 튀어나온 토끼가 폴짝거리며 맞은편 바위로 내달렸다. 멀리서 늑대 하울링이 들려왔다.

 "타이!"

 베아가 솟구치듯 몸을 일으켰다. 타닥타닥 나무 타는 소리와 함께 온몸 가득 따뜻한 온기가 느껴졌다.

 "꿈이네."

 어디서부터가 진짜 꿈인지 알 수 없었다. 살아 꿈틀거리는 나무와 싸운 것인지, 아니면 검은 늪에 빠져 허우적거리는 타이를 발견한 것인지. 머릿속은 안개에 싸인 듯 뿌옇고 탁했다. 베아가 멍한 얼굴로 불꽃을 바라보았다. 고개를 돌린 곳에 타이는 없었다.

"뭐야. 진짜 없잖아."

몸을 일으키려던 베아가 숲에서 들려오는 발소리에 검을 집어 들었다.

"벌써 일어났냐?"

익숙한 타이의 목소리에 베아는 긴장한 두 어깨를 늘어뜨렸다. 어쨌든 단순한 꿈이라서 다행이었다. 눈앞에 타이가 멀쩡한 모습으로 나타났다.

"또 뭐야?"

타이의 손에는 죽은 토끼와 마늘꽃 씨앗이 들려 있었다.

"야, 나무 귀신인지 유령인지에 죽을 때 죽더라도 좀 먹자."

타이는 손에 쥔 씨앗을 베아에게 던졌다.

"겉껍질까지는 쪼갰는데 안에 든 물컹한 건 도저히 못 건드리겠다. 그건 네가 알아서 먹어라."

"토끼 잡아서 털가죽 벗기는 건 가능하고?"

"응. 이건 어릴 때부터 해 온 거라서 가능해."

그 정도라면 베아도 가능했다. 어릴 적부터 생존 훈련을 받았으니까. 하지만 베아는 고기에 별다른 흥미가 없었다. 타이가 토끼 고기를 불에 구울 동안 베아는 마늘꽃 겉껍질 안에 든 씨앗을 먹었다.

"그러지 말고 고기 좀 먹어. 노릇노릇하게 잘 구웠어. 퍼석한 빵이랑 역겨운…… 아니, 이상한 씨앗만 먹고 어떻게 케이브를 빠져나가냐?"

"됐거든. 너나 실컷 먹어. 나는 이걸로 충분하니까."

거짓이 아니었다. 베아는 이상하게 씨앗만 먹으면 다른 음식이 생각나지 않았다. 배가 고프거나 힘에 부치는 일도 없었다. 먹으면 먹을수록 머릿속이 맑아지는 기분이었다. 두 사람은 서로의 음식을 향해 못마땅한 표정을 감추지 않았다.

"이제 어떡할 거야?"

토끼 고기를 우물거리며 타이가 물었다.

"뭘 어떡해?"

씨앗을 아삭거리며 베아가 대답했다.

"움직이는 나무 괴물을 보고도 그런 소리를 해?"

타이가 다시 말했다.

"너 뭐 이상하단 생각 안 들어?"

베아가 끈적한 손을 나뭇잎으로 닦았다.

"뭐가?"

"피프족이 숲을 통과했어. 그런데 잠을 자거나 음식을 먹거나 불을 피운 흔적이 없어."

"아까 그 나무 괴물에게 전멸당했나 보지."

"피프족이 한두 명이겠냐? 만약 전멸당했다면 하다못해 작은 뼛조각이라도 남았어야지."

"그럼 피프족이 새 왕을 따라 케이브를 빠져나갔다는 게 다 거짓말이란 말이야?"

"아니, 그 반대지."

타이가 설명을 원하는 눈빛으로 바라보자 베아는 잠시 생각에 잠겼다. 많은 인원이 움직였다면 아무리 숲이 넓다고 해도 조금의 자취는 남아 있어야 했다. 그런데 아무런 흔적도 없었다.

"그들은 정말 단시간에 숲을 통과한 거야. 쉬거나 먹거나 잠잘 필요도 없이 아주 빠르게 움직였어. 하퍼족도 그랬잖아. 너무 순식간에 한 무리가 지나갔다고. 만약 그렇다면 피프족의 새 왕이 신비한 힘을 지녔다는 건 단순한 소문이 아니야. 분명한 사실일 거야."

"그럼 오히려 더 문제잖아. 강력한 힘을 가진 왕이 고작 우리의 말을 들어 주겠어? 오히려 비스족을 공격할 빌미를 제공하게 될지도 몰라."

타이가 무엇을 걱정하는지 베아도 모르지 않았다. 죽음의 숲을 지나 전설의 땅을 단시간에 찾았다면 피프족의 왕은 분명 엄청난 힘을 지녔을 것이다. 하지만 힘을 가진 이들이 모두 적대적일까. 만약 그들이 힘으로 타 부족을 정복시키려 했다면 굳이 사라아가 아닌 풍요의 땅 실바를 첫 목표로 삼았을 수도 있었다. 그런데 피프족은 그 어떤 타 부족에게도 해를 입히지 않은 채 조용히 동굴에서 나와 새벽이슬처럼 소리 없이 사라졌다.

"전쟁을 원했다면 벌써 시작했을 거야. 피프족은 조용하고 평화로운 부족이야."

"그거야 과거에는 가장 약했으니까. 네 말대로 그들의 새 왕이 그토록 신비한 힘이 있다면 이야기는 달라지지 않을까?"

타이의 시선이 빽빽하게 서 있는 케이브의 나무들로 향했다.

"부족을 전부 데리고 케이브를 통과할 정도라면, 이 너머에서 전쟁을 준비하고 있을지도 몰라."

"나는 내 눈으로 본 것만 믿어. 그들이 어디서 무엇을 하는지는 내가 두 눈으로 똑똑히 확인한 후에 이야기할 거야."

"움직이는 나무 괴물은 두 눈으로 확인 안 했어? 그 얘기는 아무도 못 믿을걸?"

타이는 툴툴거렸지만 베아의 입가에는 은근한 미소가 번졌다. 몸 어딘가가 다시 뜨거워지기 시작했는데, 눈 밑에 난 상처인지 두근거리는 심장인지는 알 수 없었다. 다만 그 열기가 불꽃이 되어 베아를 흥분시켰다. 피프족이 사라아를 찾아낸 건 단순한 소문이 아니었다. 누군가 이룬 진짜 현실이었다. 어쩌면 그들과 좋은 동맹을 맺을 수도 있다. 비스족에게 없는 새 힘과 지혜를 얻고 우리의 기술을 나누어 줄 수도 있다. 그렇게만 된다면 비스족은 더 많은 이웃과 평화를 누리게 될 것이다. 반드시 그렇게 만들리라 베아는 굳게 다짐했다.

"희망적인 미래를 꿈꾸는 건 좋아. 그것이야말로 왕에게 꼭 필요한 덕목일 테니까. 그런데 상황을 오로지 낙관적으로만 보는 건 자칫 모두를 위험에 빠뜨릴 수도 있어."

타이가 말하며 깊은 한숨을 내쉬었다. 베아가 피식 웃음을 터트렸다.

"타이. 우리는 자기 몸만 한 칼을 휘두르며 공중으로 뛰어 오르는 토끼 인간들을 만났어. 잘못 맞으면 이 세계와 영원히 안녕 할 수 있는 거대 씨앗들을 발견했고. 그것도 모자라 살아 움직이는 나무 괴물과도 맞닥뜨렸어."

"그러니까 지금이라도……."

"너는 지금 내가 이 상황을 마냥 낙관적으로 본다고 생각해?"

베아가 천천히 고개를 내저었다.

"미안하지만 틀렸어. 나는 절대 모든 상황을 낙관적으로 보지 않아. 그저 눈앞에 놓인 문제를, 최선을 다해 처리할 뿐이야. 알아들어?"

불 속에 나뭇가지를 던져 넣으며 베아가 말을 이었다.

"그렇게 하나둘 해결하다 보면 아무리 엉망인 상황도 조금씩 낙관적으로 변해."

죽음의 숲을 무사히 벗어날 수 있을지는 누구도 장담할 수 없다. 하지만 두 사람은 여전히 살아 있다. 만약 여기서 포기한다면 모든 문제를 낙관적으로 바꿀 기회조차 날려 버린다. 베아는 끝을 보기 전에 미리부터 포기하기 싫었다.

"단순한 문제가 아니야. 만약 네가 인질로 잡히면 비스족뿐만 아니라 실바가 위험해져!"

타이가 흥분해 소리쳤다. 그러나 베아의 눈빛은 조금의 흔들림도 없었다.

"그런 너는 왜 모든 일을 비관적으로 보는데?"

"비관적으로 보는 게 아니야. 현실을 말하는 거지."

"그래 맞아. 나도 비스족이 처한 현실 때문에 이러는 거야. 만약 우리에게 역병을 물리칠 힘이 있었다면 내 부모도 폭시의 어머니도 죽지 않았을 거야. 너는 부모를 잃는다는 게 뭔지 모르잖아. 화이거는 너에게 피를 나눠 준 아버지니까."

타이가 또다시 입술을 달싹였다. 베아가 재빨리 말을 가로챘다.

"그런 아버지와 사이가 가장 엉망이라는 말을 하고 싶은 거야?"

두 부자의 사이가 얼마나 안 좋은지 베아도 알고 있었다. 두 사람이 서로를 바라보는 시선은 한여름 태풍과 흡사했다. 사방에서 번개가 내리치고 돌풍이 불어오니까. 하지만 타이는 하나만 알고 둘은 모르고 있다.

"솔의 아이도, 전사들도 하물며 쿤도 화이거에게 너처럼 툴툴대지 못해. 왜 가능할까? 네 아버지라서 그렇잖아. 너를 낳은 아버지라서."

타이가 꿀꺽 마른침을 삼켰다. 굵은 목울대가 꿈틀거렸다.

왜 화이거는 타이가 아닌 울피를 케이브에 보내려 했을까. 생각해 보면 답은 간단했다. 자기 아들을 순순히 죽음의 숲에 보낼 아버지가 어디 있을까. 무슨 수를 써서든 막고 싶었을 것이다. 아들을 대신해 누구라도 보내려 했겠지.

"너는 화이거가 누군지 몰라. 그리고 내 아버지가 어떤 사람인지도."

타이가 불꽃을 닮은 황금빛 눈으로 베아를 바라보았다. 베아는 알지 못하는 무언가가 두 부자 사이에 가로놓여 있을 것이다. 그런데 그것까지 생각하기엔 지금 상황은 그리 여유롭지 않았다. 언제 어디서 무엇이 튀어나올지 모르니까.

"누누이 얘기하지만 지금이라도 돌아가고 싶으면 마음대로 해. 너한테 함께 가자고 한 적 없고 돌아간다고 하면 막고 싶지도 않아. 그러니까 마음이 바뀌면……."

"나는 너와 무사히 실바로 돌아갈 거야. 그 외에는 아무것도 생각하지 않아. 그러니…… 그 이야기는 이제 그만하자."

두 사람의 시선이 허공에서 맞닿아 엉클어졌다. 베아가 자리에서 일어나 하늘 끝까지 자란 나무 앞으로 걸어갔다.

"야! 또 왜 그래. 그 나무도 뿌리가 간질간질하대?"

농담이 아니라는 듯 타이가 검을 움켜잡았다.

"이 나무 말이야. 실바의 땅에서도 잘 자랄까? 이 묘목을 실바에도 심어 보고 싶어."

볼수록 신비하고 아름다운 나무였다. 강한 힘과 생명력이 느껴졌다. 실바의 숲이 지금보다 울창해지면 더 많은 동물이 찾아오겠지. 자연이 푸를수록 생명은 더 많이 더 빨리 자라는 법이다.

"그 전에 가지로 사람을 휘감아 공중에 매달지만 않는다면."

타이가 쳇 소리를 내뱉으며 주먹으로 허리를 두드렸다. 떨어질 때 충격이 여전한 듯 앓는 표정을 지었다. 하지만 케이브의 모든 나무가 움직일 리 없다. 설령 그런다 해도 약점을 아는 이상 더는 무섭지 않았다.

베아가 뒤돌아 타이를 바라보았다.

"있잖아, 케이브는 말이야. 죽음의 숲이 아니라 어쩌면 그 반대일지도 몰라."

베아의 말처럼 모든 것이 크고 울창했다. 거대한 마늘꽃 씨앗처럼 잘 찾아보면 먹을 수 있는 과실이나 씨앗도 많을 거다. 사람들이 접근하지 않는 이 숲이야말로 진정한 보물 창고가 아닐까.

"실바로 돌아가면 나는 우선 케이브를 연구하고 싶어."

"연구라고?"

타이의 물음에 베아가 크게 고개를 끄덕였다. 타이가 한 손으로 허공에 반원을 그리며 고개를 숙였다. 쿤을 대할 때 예를 갖추는 몸짓이었다.

"새로운 쿤이시여. 그 전에 먼저 우리가 살아 돌아가야 한다는 사실을 잊지 마시길 부탁드립니다."

"걱정 마. 그런데 나는 웬지 케이브와 친해질 것 같아."

"제발! 이상한 꽃씨는 빼고."

"아니, 그것부터 소개하고 싶은데. 정말 유용한 식량이잖아?"

베아가 굵은 나무 기둥을 탁 때렸다. 타이가 잔뜩 일그러진 얼굴로 도리질했다.

4.

처음에는 단순하게 생각했다. 가져온 비상식량을 아끼려고 씨앗을 먹는 것이라 믿었다. 그런데 아니었다. 베아는 케이브에 들어온 후부터 스스로 마늘꽃이란 별칭을 붙일 정도로 이상한 씨앗만 고집했다. 거대한 꽃은 사방에서 피어나 시도 때도 없이 씨앗을 발사했고, 그럴 때마다 베아는 꿀을 발견한 곰처럼 기쁜 표정으로 껍질을 두 동강 냈다. 그렇게 안에 든 끈적하고 이상한 씨앗을 꺼내 먹었다. 타이가 건넨 말린 고기와 딱딱한 빵과 열매조차 입에 대지 않았다. 베아의 변화는 여기서 그치지 않았다.

"타이, 하늘에 별은 얼마나 멀리에 있을까?"

"태양은 진짜 거대한 불덩어리일까? 그럼 얼마나 뜨거울까?"

"바람이 시작하는 곳은 어디일까?"

"세상에는 얼마나 많은 종류의 나무가 있을까?"

"꽃들은 무슨 기준으로 색을 만들까? 벌과 나비는 꽃을 색으로 찾아갈까? 아니면 향기로 찾아갈까?"

예전이라면 단도를 던지거나 검술을 익히고, 나무에 오르거나 사냥 기술을 궁금해했을 것이다. 숲에 들어가도 먹을 수 있는 열매와 그렇지 않은 것을 파악하려 했고, 하늘의 별과 달을 보며 내일 날씨를 예상하는 게 고작이었다. 그런데 케이브에 들어와 그 잘난 열매를 먹고 난 뒤로 베아는 세상 온갖 것에 물음표를 띄웠다. 그 변화가 좋은 것인지 나쁜 것인지 타이는 알 수 없었다. 다만 자신도 모르는, 어쩌면 누구도 답을 모르는 질문을 끊임없이 해 대는 베아가 살짝 귀찮을 뿐이었다.

"그런 건 사계의 여신들만 알겠지."

타이가 심드렁한 목소리로 말했다. 베아가 어깨를 늘어뜨리며 한숨을 내쉬었다.

"왜 그런 건 다 사계의 여신만이 알 수 있어? 신이 진정 우리를 사랑한다면 그런 것들을 알 수 있는 지혜도 나눠 줘야 하는 거 아니야?"

"대신 풍요를 주잖아."

"가뭄과 홍수, 태풍과 이른 서리도 함께 주지."

베아는 진갈색 눈동자를 반짝였다.

"타이, 피프족의 새 왕은 알고 있을지 몰라. 비와 바람과 구름을 다스린다잖아."

"그럼 뭐, 피프족의 새 왕이 사계의 여신들과 같다는 거야? 그거 너무 위험한……."

타이가 어깨를 뒤돌려고 하는데 베아가 쉿 소리를 내뱉었다. 이
곳에서 낯선 소리는 곧 위험을 알리는 신호였다.

"소리 안 들려?"

"왜 또 어디서 이상한 거 날아오는 소리?"

순간 타이의 귓가에도 푸드덕거리는 소리가 날아들었다. '이건
또 무슨 경고일까?' 싶은 마음에 칼자루에 손을 얹었다.

"저쪽 숲에서 들린다."

성큼 걸음을 옮기려는 베아를 타이가 황급히 막아섰다.

"이봐. 설마 또 가려는 건 아니지?"

"싫으면 너는 여기 있어."

베아가 타이를 밀어 내고는 소리가 나는 쪽으로 재빠르게 걸어
갔다. 위험을 감지했으면 피하는 게 상책 아닐까. 하긴 그 말이 베
아에게 통했다면 어두컴컴한 숲이 아니라 푹신한 침대에서 잠들
었겠지. 타이는 쳇 소리를 내뱉고 베아가 향한 숲으로 뛰어갔다.

얼마쯤 뛰었을까 멍하니 위를 보는 베아를 향해 타이가 가까이
다가갔다. 그러고는 고개를 들어 귀를 기울였다. 울창한 나뭇가지
사이에서 푸드덕거리는 다급한 날갯짓 소리가 들려왔다.

"날개가 어디에 걸린 모양이야."

"단검으로 조용히 시키자. 어때?"

"누구를? 쫑알거리는 네 입을?"

베아가 찌릿한 시선을 던지는 순간, 나뭇가지들 사이로 믿을 수
없는 소리가 들려왔다.

죽음의 숲   151

"까 까. 도와줘. 까 까. 도와줘."

베아의 갈색 눈동자가 커지고 타이의 입도 반쯤 벌어졌다.

"지금 저 새가 도와 달라고 한 거야?"

"베아, 저 새가 말을 한 거냐고 먼저 물어봐야 하지 않을까?"

이곳이 케이브라는 사실은 절대 잊지 않았다. 하루에도 몇 번씩 투석기처럼 씨앗을 내던지는 거대한 꽃이 자라며, 채찍처럼 가지를 휘두르는 나무 괴수가 사는 것도 모자라, 구해 달라고 인간의 언어로 도움을 청하는 새까지 있는 기묘한 숲이다.

"맞아 타이. 새가 말을 해."

"베아, 설마 너 저 새를……."

"엎드려."

"내 생각에는 아무래도……."

"아니면 네가 올라갈래?"

말려도 소용없는 짓이었다. 타이가 허리를 숙이자 날렵하게 등을 밟고 허공으로 솟구친 베아가 한 마리 원숭이처럼 잽싸게 나무를 타고 올라갔다.

"제발 조심해, 베아."

걱정에 대답하듯 나무 위에서 우수수 뾰족한 잎들이 떨어졌다. 뒤를 이어 푸드덕 깍깍 소리가 들려왔다. 다행히 저 위나 이곳 아래에서 검을 뽑는 일은 벌어지지 않을 모양이었다. 타이가 목이 아프도록 위를 쳐다보는데, 잠시 뒤 베아가 몸을 날려 가볍게 땅에 착지했다.

"둘이 비스족의 미래에 대해 깊이 있는 회담이라도 나눈 거야?"

"어린아이처럼 징징거리지 마. 그냥 나뭇가지 사이에 낀 날개를 빼 준 것뿐이야."

두 사람이 고개를 돌린 곳에 회색빛의 새 한 마리가 나뭇가지 위로 사뿐히 내려앉았다. 크기는 까마귀만 했는데 부리만 흰색이었다.

"까 까. 나 도와줬다. 고맙다. 까 까. 살았다."

"와! 눈 뜨고 꿈꾸는 기분이네."

"눈 뜨고 꿈꾸는 기분. 눈 뜨고 꿈꾸는 기분."

흰 부리 새가 타이의 말을 따라 했다.

"너 말을 누구한테 배웠어?"

베아가 물었다. 흰 부리 새가 날아오르더니 조금 더 가까운 나뭇가지 위에 앉았다.

"인간들. 너희랑 비슷해. 그들의 왕. 너희보다 빛났다."

"야, 너 몇 살이야? 몇 살인데 반말이야?"

왈칵 짜증을 내는 타이를 보며 베아는 잠시 생각에 잠겼다.

"타이, 여긴 오랫동안 사람이 접근하지 않았어. 저 새는 혼자서 말하는 법을 터득한 게 아니야. 말을 흉내 낸 거잖아. 피프족이 이 산을 넘은 게 확실해."

베아의 두 눈이 어떤 열기로 반짝였다. 믿을 수 없지만 타이의 말은 현실이 되었다.

베아는 말하는 새와 함께 피프족에 관해 몇 개의 정보를 주고 받았는데, 덕분에 그들이 왕을 따라 무사히 케이브를 넘었다는 사실을 알게 되었다.

"타이, 들었지? 그냥 소문이 아니었어. 케이브 너머에 분명 사라아가 있는 거야."

베아가 타이의 두 손을 덥석 맞잡으며 잔뜩 흥분한 목소리로 소리쳤다.

"우리는 사라아를 찾고 있어. 케이브를 빠져나가야 하는데 이 길이 맞아?"

"까 까. 이 길로 쭉 가면 머지않아 숲을 빠져나갈 수 있다. 그 전에 강을 건너야 한다. 그 속에 님파가 산다. 님파가 너희에게 원한다. 강을 건너게 해 주는 대가."

흰 부리 새가 소리치고는 허공으로 솟구쳐 올랐다.

"님파는 또 누구야?"

베아가 물었다.

"누가 아니라 뭐야? 라고 물어보는 게 맞지 않을까?"

그 존재가 과연 무엇인지 알 수 없지만 썩 듣기 좋은 이름은 아니었다. 강을 건너게 해 준다는 의미는 뭘까? 웬만한 강이라면 충분히 헤엄쳐서 건널 수 있었다. 두 사람 모두 수영에 자신 있으니까. 베아가 고개를 들어 침엽수 사이에 갇힌 손바닥만 한 하늘을 올려다보았다. 인간의 말을 듣고 따라 하는 흰 부리 새 덕분에 죽음의 숲을 넘은 피프족에 관해 듣게 되었다. 보이지도 잡히지도 않던 뜬소문이 점점 더 또렷하게 눈앞의 현실로 다가왔다.

"기껏 도와줬더니 이상한 말만 하고 사라지네?"

타이가 또다시 투덜거렸다. 평소에도 자주 아웅다웅했지만 케이브에 발을 들인 후 녀석은 모든 일에 날을 세웠다. 베아의 한마디에 괜한 말꼬리를 잡는 건 기본이요, 툭하면 아이처럼 징징거렸다. 같이 오겠다 한 사람은 분명 타이였다. 하지만 이제 죽음의 숲 케이브도 끝이 보이기 시작했다. 이 길로 쭉 가면 숲을 벗어날 수 있다고 새가 알려 줬으니까 타이의 투덜거림도 곧 끝날 것이다.

"누가 됐든 뭐가 됐든, 조심하란 뜻 아닐까."

베아가 말을 멈추고 머리 위를 더듬었다. 툭툭 떨어지는 물기는 빗방울이 확실했다. 눈을 들어 확인하는데 흰 부리 새가 두 사람 머리 위에서 둥글게 맴돌았다. 자세히 보니 비가 아니었다.

"아니, 그런데 은혜를 이런 장난으로 갚아? 이 고약한 새 대가리야! 무슨 짓이야?"

새의 양 날개에서 물기가 떨어졌다. 어디서 목욕이라도 하고 왔는지 녀석의 몸은 깃털 속까지 흠뻑 젖어 있었다.

"강에 다녀왔다. 님파가 심심해한다. 님파 장난 좋아한다. 그런데 그 장난 위험하다. 까 까. 너희들 강을 건너게 해 줄 거다. 그 친절함에 속지 마라."

몇 번의 날갯짓으로 베아와 타이에게 물을 흩뿌린 후, 흰 부리 새가 나뭇가지 위에 내려앉았다.

"님파는 너희들 닮았다. 까 까. 하지만 다는 아니다. 님파 인간 안 좋아한다. 까 까. 강을 건너게 해 준 대가를 원한다. 그걸 조심해야 한다.”

알쏭달쏭한 수수께끼의 연속이었다. 님파가 인간인지 아닌지도
알 수 없었다. 물론 이 신비한 숲 케이브에서는 무엇을 상상하든
그 이상의 존재와 만나지만.

“이봐! 조금 더 자세히 말해 봐.”

“까 까. 너에겐 말 안한다. 까 까. 새 대가리.”

“새한테 새 대가리라고 한 게 잘못이야?”

“까 까. 인간 대가리. 까 까. 멍청한 인간 대가리.”

“아니, 그런데 저게 진짜.”

허공에 주먹질하는 타이를 보며 베아가 도리질했다.

“타이, 어서 사과해.”

“너도 들었잖아. 저게 지금 나한테…….”

“새 대가리라고 먼저 얘기한 건 너야. 빨리 사과해. 어쨌든 님파
가 누군지, 아니 뭔지 알고 있는 건 저 새잖아?”

‘어떡할래?’ 싶은 표정으로 베아가 허공을 가리켰다. 타이의 얼
굴이 폭발할 듯 붉게 달아올랐다. 지금까지 살아오며 새에게 인간
대가리라는 말을 들어 본 적도, 그런 새에게 사과한 적도 없었겠
지. 물론 이 황당한 상황이 웃긴 건 베아도 마찬가지였다.

“타이, 여긴 네 말대로 상상도 못 한 일들이 버젓이 벌어지는 케
이브야.”

“알았어. 사과하면 되잖아. 미안하다. 다시는 새 대가리라 안 할
게. 미안해. 됐냐?”

"까 까. 사과 고맙다. 인간 대가리. 인간 대가리."

타이가 허리춤에서 단도를 빼냈다. 베아가 재빨리 막아서며 소리쳤다.

"자, 이제 님파가 누군지, 아니 뭔지 말해 줘."

"님파는 강 속에 사는데 혼자 있어 늘 심심해한다. 그래서 못된 장난 많이 한다. 님파의 친절함에 절대 속으면 안 된다. 특히 너, 인간 대가리는 조심해야 한다. 까 까."

이 말을 끝으로 흰 부리 새가 허공으로 날아올랐다.

"잠깐만, 비켜 봐. 내가 단도로 저 새 대가리 한 번에 맞힐 자신 있어."

"됐어. 이미 날아갔어. 그보다 너는 저 새가 말한 님파가 뭐라 생각해?"

여전히 분한 얼굴로 타이가 시근덕거렸다.

"강 속에 사는 게 물고기밖에 더 있어?"

"설마 강 속에 물고기가 딱 한 마리만 살까? 거기다 장난이 심한 물고기라니."

"네가 말했잖아. 여긴 케이브라고."

흰 부리 새가 경고할 정도면 엄청 거대한 물고기가 아닐까. 물에서는 검술이 전혀 먹히지 않으니, 하퍼족 도둑 떼나 나무 괴수와는 차원이 다른 위험이란 뜻이다.

"어쨌든 다른 방법이 없잖아. 이번에도 직접 부딪치는 수밖에."

베아는 어쩐지 기분 좋은 예감에 사로잡혔다. 케이브를 빠져나가면 사라아를 찾을 수 있다는 강한 확신이 들었다. 생각보다 일이 수월하게 풀리고 있었다.

"오랜만에 수영 실력 발휘해 봐?"

살짝 흥분한 베아와 달리 타이는 조용했다. 새한테 한 소리 들은 게 여전히 기분 나쁜 것 같아 베아가 큰 소리로 물었다.

"안 되면 확 낚시하자. 알지? 나 물고기 잘 잡는 거."

"물고기 밥이나 되지 마."

"그런데 이게 말끝마다⋯⋯."

"조심하란 뜻이야."

두 사람이 티격태격하는 사이 먼발치에서 흐르는 거대한 물길이 모습을 드러냈다. 이런 숲에 계곡도 아닌 강이 있다는 사실이 이상했지만 여긴 상식이 통하지 않는 케이브였다. 빽빽하게 가지를 뻗어 자란 나무들에 가려 햇살이 희미하고, 강 주변은 온통 짙은 안개가 휘감았다.

"어? 나룻배가 있어. 우리 헤엄치지 않아도 되네. 아무리 케이브여도 배 위로 올라올 물고기는 없을 거 아니야."

타이가 두 손을 허리에 얹었다. '글쎄?' 싶은 표정으로 베아가 어깨를 으쓱했다.

"여긴 사람이 없어. 나룻배가 있는 게 더 이상하지 않아?"

"잘난 피프족이 만들어 타고 갔나 보지."

"저렇게 작게 만들었다고?"

나룻배는 두 사람이 타기에도 비좁을 정도로 작았다. 피프족이 어떻게 강을 건넜는지 알 수 없지만 한 가지만은 확실했다. 절대 저 배로는 움직이지 않았을 테다.

"만에 하나 진짜 피프족이 배로 움직였다면 저 배는 강 반대쪽에 있어야 해."

"물고기가 옮겼나 보네. 새 대가리가 그랬잖아. 님파인지 뭔지가 아주 친절하다고."

"그 친절을 조심하라는 말도 잊지 마."

일단 가 보자며 베아가 먼저 걸음을 옮겼다. 타이가 그 옆으로 바투 따라붙었다. 숲이 어두워서인지 수면은 짙은 청색을 넘어 검은색에 가까웠다. 끝을 알 수 없는 깊은 어둠 속에서 집채만 한 물고기가 튀어나올 것만 같았다. 안 그래도 서늘한 곳인데, 탁한 안개에 휩싸인 강은 음산한 기운까지 뿜어냈다.

"내가 아무리 물을 좋아해도 절대 들어가고 싶지 않아."

타이가 뒷머리를 긁적이며 말했다. 베아가 동의한다는 듯 고개를 끄덕였다.

"그럼 방법은 한 가지밖에 없네."

케이브를 빠져나가려면 반드시 이 강을 건너야 했다. 타이가 먼저 배를 향해 가까이 다가갔다. 발밑에 밟히는 검은 자갈들의 소리가 유독 크게 들려왔다.

"노가 없어!"

회색빛 안개 사이에서도 타이의 황금색 눈동자만이 선명하게 반짝였다.

"여기 널린 게 나뭇가지잖아. 없으면 하나 만들어야지."

베아가 뒤돌아 노로 쓸 만한 것을 주우려 하는데 수면에서 찰방거리는 물소리가 들려왔다. 베아가 강으로 다시 몸을 돌리자 짙은 안개 너머에서 검은 형태가 반쯤 물 밖으로 머리를 내밀었다. 그림자 같은 형상은 조금씩 수면을 가르더니 두 사람에게 천천히 다가왔다. 타이의 손이 칼자루에 닿았다. 베아도 재빨리 걸음을 옮겨 타이 곁으로 바투 다가섰다.

"강을 건너시려고요? 제가 도와드리죠."

말하는 새를 봤으니 말하는 물고기도 충분히 있을 터였다. 신비의 숲 케이브니까. 그런데 그 기대를 무시하듯 가까이 다가온 존재는 사람이었다. 그것도 타이와 베아와 비슷한 또래 소년이었다.

"안녕하세요. 저는 이 강에 사는 님파입니다."

님파는 은빛의 풍성한 머리를 하나로 틀어 올려 가늘고 긴 나뭇가지로 고정했다. 투명할 정도로 맑은 피부에 짙은 안개 속에서도 초록색 눈동자가 선명하게 반짝였다. 두 눈에 에메랄드가 들어 있는 듯했다. 아름답고 신비하며 어딘가 기묘한 매력이 있었다.

"물고기가 아니네."

중얼거리는 타이를 베아가 팔꿈치로 찔렀다.

"안녕하세요. 저희는 강을 건너려고 합니다."

"알고 있습니다. 노가 없어 당황하셨죠. 제가 맞은편 강둑까지 모셔다드리죠."

정중한 대답과 함께 님파가 물속에서 껑충 튀어 올랐다. 순간 놀란 베아의 암갈색 눈동자가 커다래졌다.

"물고기잖아."

또다시 타이가 중얼거렸지만 이번에는 베아도 침묵했다. 아무리 케이브라 해도 전설로만 내려오던 인어를 눈앞에서 직접 목격하게 될 줄은 전혀 상상하지 못했다.

'님파는 너희들 닮았다. 까 까. 하지만 다는 아니다.'

흰 부리 새가 낸 오묘한 수수께끼의 정답이 눈앞에 선명한 모습으로 나타났다.

"강 건너로 가려거든 어서 배에 오르시죠. 제가 도와드리면 금방이지만 두 분의 힘으로 가려면 힘드실 겁니다. 제대로 된 노가 없이는 배가 쉽게 앞으로 나아갈 수 없습니다."

"감사합니다."

타이가 성큼 걸음을 옮겼다. 베아가 재빨리 옷을 잡아당기자 '왜?' 싶은 표정으로 녀석이 황금색 두 눈을 끔뻑였다.

"저희를 강 너머로 데려다주는 조건이 뭐죠?"

"뱃삯을 말씀하시는 건가요?"

님파가 가볍게 튀어 올라 나룻배 선미에 걸터앉았다. 안개 속에서도 반짝이는 꼬리지느러미는 은과 유리로 만든 듯 투명하고 아름답게 빛났다.

"세상에 공짜는 없으니까요."

베아가 싱긋 웃으며 말했다. 인어에게 느껴지는 신비함이 매력인지 마력인지 알 수 없지만, 님파의 친절에 속지 말라는 흰 부리 새의 경고를 베아는 잊지 않았다.

"글쎄요? 뭐 그리 말씀하신다면야."

초록색 눈동자가 흘낏 타이를 곁눈질했다. 말끄러미 타이를 살피던 시선이 허리춤에 닿았다.

"저는 반짝이는 것을 좋아합니다. 제가 맞은편 강둑으로 무사히 모셔다드리면 몸에 지닌 것 중 가장 반짝이는 걸 하나만 주실 수 있나요?"

타이가 허리춤 장검을 내려다보고는 두 눈을 크게 떴다.

"검이요?"

님파가 여전히 검에 시선을 둔 채 길고 하얀 손끝으로 턱을 쓰다듬었다.

"물속에서 무거운 검은 전혀 쓸모가 없죠."

타이가 기웃이 몸을 숙여 베아의 귓가에 나직이 속삭였다.

"뭐지? 그럼 은호랑이 장식을 달라는 건가?"

값으로 치자면 은호랑이보다 황금 곰이 더 가치 있다. 베아는 어쩐지 의아한 생각이 들었지만 엄연히 도움의 대가였다. 검의 장식 정도는 충분히 떼어 줄 수 있었다.

"검을 달라는 게 아니잖아. 원하면 주지 뭐."

툭 내뱉은 한마디에 베아가 놀란 얼굴로 타이를 보았다. 무슨 말만 하면 짜증을 내던 녀석이 웬일로 별거 아니라는 듯 가볍게 반응했다. 그러고 보니 님파가 배를 타라 했을 때 선뜻 고맙다는 인사부터 하지 않았는가.

"타이, 네가 웬일이야."

"내가 뭐?"

슬쩍 님파의 눈치를 살피며 속삭이듯 물었다.

"왜 갑자기 관대해졌어?"

평소라면 인어를 의심하며 투덜거렸을 타이가 두 눈을 반원으로 그리며 여유 있는 웃음을 지었다.

"베아, 되게 신비롭게 생겼지? 머리부터 꼬리까지 정말 반짝거려. 나쁜 인어처럼 보이진 않아. 은호랑이 정도면 뱃삯으로 괜찮잖아."

타이의 말처럼 님파는 아름다웠다. 거대한 보석처럼 온몸이 찬란하게 빛났다. 보고만 있어도 지루하지 않을 모습이지만 신비로운 매력이 절대적 믿음은 될 수 없었다. 매사에 부정적인 자세는 좋지 않지만 그렇다고 갑자기 180도로 태도를 바꾸는 것도 어쩐지 의심스러웠다.

"야, 그래도 흰 부리 새가……."

"빨리 가자. 기다리잖아."

타이가 덥석 베아의 손을 잡고 배를 향해 걸어갔다.

"승선 감사드립니다."

환영의 인사를 건넨 님파가 물속으로 뛰어들었다. 얼마나 날렵한지 풍당 소리조차 들리지 않았다.

"그럼 저는 앞에서 배를 끌겠습니다."

두 사람이 오르기 무섭게 배가 천천히 물살을 갈랐다. 잠시 뒤

물속에 있던 님파가 수면 위로 올라와서는 먼 곳을 바라보았다.

"왜요?"

베아가 물었다.

"누군가 강을 찾아온 것 같은데 사슴일 수도 있겠네요. 풀을 찾아 강을 건너고는 하죠."

님파가 다시 물속으로 들어가자 배가 천천히 앞으로 나아갔다. 흰 부리 새는 님파가 짓궂은 장난을 좋아하며 인간을 싫어한다고 했다. 친절함에 절대 속지 말라던 새의 말과는 달리, 님파는 시종일관 예의 바르고 우아한 태도를 보였다. 특별히 장난을 좋아하지도, 괜한 해를 입힐 것 같지도 않았다.

"흰 부리 새가 경고한 거랑은 좀 다르네?"

"내가 괜히 새 대가리라고 했겠어?"

여전히 분이 안 풀린다는 듯 타이가 투덜거렸다. 배는 부드럽고 조용히 물살을 가르며 검은 강을 건너고 있었다. 베아가 고개를 돌리자 안개 너머에 있는 강둑이 서서히 모습을 드러냈다.

"감사합니다."

베아와 타이가 배에서 내리며 말했다. 님파 덕분에 빠르고 손쉽게 강을 건널 수 있었다.

"그럼 약속한 뱃삯을 드릴게요."

베아가 눈짓하자 타이가 검에 장식으로 달린 은호랑이를 떼어내려 했다.

"아니요. 나는 그깟 은붙이를 원한 게 아니었어요."

예상은 틀리지 않았다. 은보다는 황금이 더 값비싸 보이겠지.

"좋아요. 그럼 황금 곰을 드릴게요."

쿤이 직접 하사한 검을 훼손하기 싫지만 어쩔 수 없었다. 베아가 쓴웃음을 짓는데 님파가 세차게 고개를 내저었다.

"아닙니다. 전혀 다른 것이죠."

초록색 눈동자는 타이를 향했다. 더 정확히는 타이의 황금빛 두 눈이었다.

"나는 저 반짝이는 것을 원해요."

하얗고 긴 손가락이 타이의 두 눈을 가리켰다.

"미쳤어요? 어떻게 눈을……."

"말했잖아요. 몸에 지닌 것 중에 가장 반짝이는 거라고요."

베아는 뒤늦게 '아차!' 싶은 생각이 들었다. 님파의 시선이 처음 머문 곳은 타이의 얼굴이었고, 은호랑이는 그저 속임수에 불과했다. 문득 초원에서 만난 하퍼족이 떠올랐다. 그들에게 금과 보석보다 귀중한 것이 목숨이라 했으면서, 정작 몸에 지닌 반짝이는 것 중 눈동자는 미처 생각지 못했다.

"데려다준 건 정말 감사하지만 말도 안 되는 뱃삯은 내줄 수 없네요. 은호랑이와 황금 곰도 필요 없다고 하니 우리는 그만 가겠습니다."

베아가 그만 가자며 몸을 돌렸다. 그런데 잔뜩 구시렁거리며 따라붙어야 할 발소리가 들리지 않았다. 베아가 고개를 돌리자 멍하니 님파를 바라보는 타이가 있었다.

죽음의 숲

165

"뭐 해? 빨리 가자고."

"원한다면 줘야지. 약속했잖아."

타이의 또렷한 목소리에도 베아는 자신의 두 귀를 의심했다.

"너 지금 무슨 말을 하는 거야?"

버럭 소리를 내질러도 소용없었다. 타이는 뭔가에 홀린 듯 천천히 강으로 걸어 들어갔다. 그 너머에 님파가 있었다.

"타이, 정신 차려."

베아보다 머리 하나는 큰 타이였다. 진짜 전사들조차 함부로 할 수 없을 정도로 큰 덩치를 자랑했다. 그런 타이를 베아 혼자의 힘으로 막는 건 무리였다.

"타이, 나를 봐."

님파는 처음부터 타이를 사냥감으로 선택했고 아무런 불평 없이 배에 오르게 유도했다. 하지만 고약한 장난은 여기까지였다.

타이가 베아를 밀치고는 풍덩 소리를 내며 강에 몸을 날렸다. 수면 위에 떠 있던 님파도 모습을 감췄다. 빌어먹을 인어가 타이를 홀려 기어코 강으로 끌고 가 버렸다.

베아가 숨을 크게 들이마시고는 검은 강으로 뛰어들었다. 너무 탁하고 어두워 과연 타이를 찾을 수 있을까 걱정했는데, 막상 뛰어든 강물 속은 "아!" 소리가 절로 튀어나올 만큼 투명하며 황홀한 모습이었다. 바다의 산호초와 비슷한 색색의 나무들이 자라고, 버드나무처럼 하늘하늘 춤추는 물풀들이 가득했다. 더불어 실바에서는 본 적 없는 다양한 모양과 색깔의 물고기들이 헤엄치고 있었다. 다른 세계로 넘어온 것 같았다.

'내가 한가하게 물속 세상이나 구경할 때가 아니지.'

베아는 점점 더 깊이 헤엄쳐 들어갔다. 다행히 수면 아래 세상은 깨끗하고 투명했다. 덕분에 힘없이 가라앉는 타이를 쉽게 찾을 수 있었다. 그 앞으로 천천히 녀석을 유인하는 님파가 보였다. 강 속에서 인어의 초록색 눈동자가 별처럼 빛났다. 저 눈부신 안광의 힘이 타이의 영혼을 빼앗았다.

'그렇게 평소 강한 척하더니 고작 인어에게나 끌려가고.'

안타깝게도 여긴 물속이었다. 지금 베아에게는 두 가지의 커다란 문제가 있었다. 첫째로 물속에서는 검을 휘두를 수 없고, 둘째로 베아와 타이는 인어가 아니다. 조금만 더 지체하면 두 사람은 숨이 막혀 죽는다.

타들어 가는 베아의 마음은 모른 채 타이는 님파의 시선을 따라 점점 더 깊은 강 속으로 가라앉았다. 마치 낚싯바늘에 걸린 영락없는 물고기 같았다. 수초와 물고기들이 한가롭게 헤엄치는 강 속에서 거대한 물고기 꼴로 힘없이 끌려갔다. 순간 하나의 생각이 빠르게 베아의 머릿속을 때렸다. 타이가 낚싯대에 걸린 물고기라면 그 낚싯줄은 님파의 초록 눈동자였다. 안광의 마력을 끊어 내면 타이를 구할 수 있다. 하지만 과연 저 힘을 무슨 수로 막아 낼 수 있을까?

베아가 솟구쳐 수면 위로 올라왔다. 막혔던 숨을 내쉰 후 허벅지에 숨긴 단도를 빼냈다. 한 번 더 크게 숨을 참고는 깊고 빠르게 잠수해 바위 뒤로 몸을 숨겼다. 님파는 타이를 유인하려고 온 정신을 한곳에 집중했다. 이제 남은 방법은 괘씸하고 잔인하며 아름다운 존재에게 치명상을 입히는 것뿐이었다.

색색의 물풀과 산호초, 기괴한 나무들이 자라는 강 속은 또 다른 별천지였다. 순간 베아의 눈에 들어온 건 뾰족하게 가시를 세운 물속 넝쿨이었다. 피라미보다 작은 물고기들은 천적들을 피해 거칠고 뾰족한 가시넝쿨 속에 살았다. 마치 새들처럼 한가롭게 헤엄치는 물고기들을 보자, 문득 인간의 말을 습득한 영리한 녀석의 경고가 떠올랐다. 베아의 시선이 유유히 꼬리지느러미를 움직이는 인어에게 닿았다.

'님파는 강 속에 사는데 혼자 있어 늘 심심해한다. 그래서 못된 장난 많이 한다.'

만약 님파가 단지 외롭고 심심해서 엄청난 장난을 친 거라면 아름다운 인어에게 치명상을 입히지 않아도 타이를 구할 수 있지 않을까.

베아는 님파가 다가오는 넝쿨 근처에 몸을 숨겼다. 그러고는 가까이 다가오는 인어의 머리카락에 꽂힌 긴 나뭇가지를 잽싸게 낚아챘다. 풍성한 은빛 머리가 풀어지며 물길을 따라 넘실대기 시작했다. 하늘거리는 머리카락이 얼굴을 가리고 동시에 초록 눈동자도 빛을 잃었다. 사방으로 뻗은 머리카락들이 뾰족한 넝쿨 가시에 엉망으로 뒤엉켰다. 긴 머리를 하나로 틀어 올린 이유가 자명해지는 순간이었다.

'이러면 시간을 좀 벌 수 있어.'

베아가 님파의 머리카락을 물속 넝쿨과 뒤엉키게 하는 사이, 초록빛 낚싯줄에서 풀린 타이는 정신을 잃고 힘없이 가라앉았다.

'지금이야.'

베아가 타이를 향해 온 힘으로 헤엄쳐 다가갔다.

"거기 서! 내 보석이야. 내 황금이라고!"

님파가 뒤엉킨 머리카락을 풀어내려 애쓰는 사이, 베아는 커다란 타이를 끌고 수면 위로 사력을 다해 헤엄쳤다.

"거기 서! 젠장, 이것 좀 봐."

물속에서도 들려오는 님파의 외침을 뒤로한 채 베아는 헤엄치고 또 헤엄쳤다. 산소가 부족해 눈앞이 뿌옇게 흐려지는 순간, 물 위로 솟구친 베아가 거친 숨을 토해 냈다. 그러고는 폐부 깊숙이 공기를 들이마셨다.

어떻게 커다란 덩치를 물 밖으로 끌고 나왔는지는 기억나지 않았다. 베아는 그저 타이의 심장을 압박하고 입에 숨을 불어 넣기를 반복했다. 훈련 시간에 장난치듯 배운 것을 죽음의 숲 케이브에서 진짜 써먹게 될 줄 어찌 알았을까.

"그러게, 왜 날 따라왔어."

거짓말이었다. 애써 아닌 척했지만 타이가 함께 간다고 했을 때 베아는 기뻤다. 안심이 됐고 든든했다. 그러니 무슨 일이 있더라도 녀석만은 지켜 주리라 약속했다. 하지만 타이는 파리하게 굳은 얼굴로 숨을 쉬지 않았다.

"이 멍청한 자식아, 빨리 일어나."

베아는 한 번 더 심장을 압박하고 온 힘을 다해 새파란 입술에 숨을 불어 넣었다. 순간 쿨럭 소리를 내며 타이가 물을 토해 냈다. 동시에 베아도 온몸에 힘을 잃고 그대로 강둑에 쓰러져 버렸다. 밤도 아닌데 눈앞에 새하얀 별들이 총총히 떠다녔다.

베아는 처음으로 깨달았다. 콜록콜록 들려오는 누군가의 기침 소리가 맑은 새소리보다 예쁘게 들릴 수 있다는 사실을. 타이가 살았다. 베아의 입가에 희미한 미소가 번졌다.

5.

마지막 일격에 울피의 목검이 날아갔다. 손목을 움켜잡는 걸 보
니 통증이 상당한 모양이었다. 녀석은 갈대와 같았다. 아무리 강
한 바람에도 낭창낭창 휘어질 뿐 절대 꺾이지 않았다. 타이가 거
친 숨을 몰아쉬며 목검을 집어 던졌다.

"졌다."

울피의 파란 눈동자가 소름 끼치도록 평온하게 반짝였다. 조금
의 분노도 내비치지 않는 담담함이 오히려 타이를 아연하게 만들
었다.

"너는 죽었다."

겨울바람을 닮은 솔의 싸늘한 목소리가 귓가에 들려왔다. 만약
두 사람이 진짜 적으로 만나 서로를 공격했다면 울피는 이미 타이
의 손에 죽었다는 의미다.

"네."

울피는 언제나처럼 패배에 순순히 승복했다. 그렇게 자신의 죽음을 또 한 번 받아들였다.

"적이라고 모두 다 죽이지는 않아요."

타이가 소리쳤다. 화이거가 걸음을 옮겨 두 소년에게 가까이 다가왔다.

"그건 전쟁을 경험하지 못한 자들이나 하는 소리지. 차라리 죽는 게 낫다는 말이 무엇인지 너희는 절대 모른다."

화이거의 황금색 눈동자가 찌르듯 타이를 노려보았다. 그의 입에서 나오는 것이라고는 늘 전투와 전쟁 그리고 죽음뿐이었다. 그래, 비스족의 이인자인 솔에게는 당연한 일이겠지. 하지만 타이는 한 번쯤 다른 얘기를 듣고 싶었다. 솔이자 전사들의 수장이 아닌 아버지와 편안한 대화를 나누길 바랐다. 그 소박한 바람은 냇가에 띄운 조각배처럼 시간이 지날수록 힘없이 멀어져 갔다.

"너희는 비스족의 전사가 되기 위해 꽤 오랫동안 훈련을 해 왔다. 큰 이변이 없는 한 너희 둘 다 전사가 될 것이다."

타이가 긴장한 눈빛으로 화이거를 바라보았다. 또 무슨 질문을 던지고, 어떤 답을 원하는 걸까. 갑자기 온몸에 땀이 증발하기 시작했다. 솔이자 전사들의 수장 그리고 아버지 앞에 서면 늘 초조했다. 그에게 인정받기를 원하는지, 벗어나고 싶은지 타이는 여전히 답을 찾지 못했다.

"전쟁에서 울피가 심하게 다쳤고 적이 추격해 온다면 너는 어떻게 할 거냐?"

화이거가 물었다. 잠시 망설이던 타이가 툭 한마디 내뱉었다.

"뭘 어떡해요. 얄미운 녀석이지만 무슨 수를 써서라도 데려와야죠. 두고 올 수는 없잖아요."

정확히 언제부터 둘 사이에 금이 갔는지 기억나지 않았다. 시간이 지날수록 그 틈은 벌어져 어느덧 서로가 서로에게 쉽게 다가갈 수 없는 사이가 되었다. 비록 그렇다고 한들 두 사람의 사사로운 감정에 전쟁을 엮을 수는 없다.

"만약 타이가 심하게 다쳤고 적이 쫓아온다면 울피 너는 어떻게 할 것 같냐?"

발끝에 묶여 있던 시선이 고개를 들었다. 푸른 눈동자가 화이거와 마주했다.

"죽입니다."

울피가 대답했다.

"누구를?"

솔이 되물었다.

"타이를요."

"저 자식이 진짜……."

화이거가 손을 들어 타이를 막아섰다. 안 그래도 얄미운데 대답마저 밉살맞았다. 타이의 입에서 찐득한 욕설이 흘러나왔다.

"왜 적이 아닌 타이를 죽이지?"

화이거가 물었다. 울피가 타이를 곁눈질하고는 입을 열었다.

"전투에서 크게 다친 타이를 데려오면 두 사람 모두 위험해질 수 있습니다."

울피의 말을 들으며 타이가 입가에 조소를 그렸다.

"오죽하시겠어. 너 하나만 살면 된다는 거 아니야?"

녀석의 솔직함에 감사해야 할지, 주먹으로 갚아야 할지 타이가 심각하게 고민하는 사이 울피가 다시 말을 이었다.

"처음에 솔이 말씀했습니다. 우리는 오랫동안 전사가 되기 위해 훈련을 해 왔다고요. 전사들은 비스족이 어떠한 훈련을 받고 무기는 어떻게 만드는지, 쿤을 보필하는 상세한 방법까지 모두 알고 있단 의미입니다. 누군가 포로가 된다면 적은 분명 그 사실을 자백하게 할 겁니다. 그 과정이 절대 친절하진 않겠죠. 고통을 당하는 것보다 차라리 깨끗이 죽는 게 나을 겁니다."

울피의 푸른 눈동자가 가만히 타이를 바라보았다.

"만약 제가 다쳤다면 저는 적이 아닌 비스족에게 제 마지막을 맡기고 싶습니다. 그것이야말로 저와 비스족 모두를 위해 좋은 일이니까요."

찰나의 순간 울피의 입가에 흐린 미소가 지나갔다. 그것이 진심이란 사실이 어쩐지 타이를 슬프고 외롭게 했다.

이 모든 것이 꿈인지, 오래전 기억인지 알 수 없었다. 이곳이 어디이고 무엇을 하는지조차 자각하지 못했다. 그저 몸이 가볍게 공중으로 떠오르고 있었다. 다만 이 편안하고 고요한 느낌에서 벗어나고 싶지 않았다. 타이는 이대로 영원히 잠들고 싶었다.

"이 멍청한 자식아! 빨리 일어나."

누군가가 몸을 거칠게 뒤흔들며 소리쳤다. 갑자기 심한 욕지기가 올라와 쿨럭 목구멍에서 물을 내뿜었다. 얼굴의 구멍이란 구멍에서 한꺼번에 물이 흘러나왔다. 한 번 터진 기침이 멈추지 않았다. 희미하게 웃던 울피의 얼굴이 하얗게 부서져 내렸다.

인어를 만난 것까지는 어렴풋이 떠올랐다. 인어의 초록색 눈을 보며 밤하늘의 별처럼 아름답다고 느꼈다. 순간 거짓말처럼 마음이 편안해지면서 모든 근심이 사라지는 기분이었다. 그것이 마지막 기억이었다. 눈을 떴을 땐 물에 빠진 듯 숨이 막혔다. 얼굴은 물론이요, 폐에서까지 물이 쏟아지는 것 같았다. 그사이 무슨 일이 있었는지는 베아가 상세히 말해 주었다.

"정말 나도 어떻게 너를 끌고 올라왔는지 모르겠다. 아무튼 너나 나나 죽다 살아났어."

타이가 아무 말 없이 모닥불에 시선을 두었다. 강 건너편의 숲도 별반 다르지 않았다. 하늘 끝까지 자란 침엽수가 울울하게 숲을 뒤덮고 실바에서는 본 적 없는 작은 짐승들이 뛰어다녔다. 이번에 나뭇가지를 모아 불을 피운 사람은 베아였다. 많이 지치고 힘들 텐데 타이를 위해 서둘러 불을 피우고 음식과 물을 준비했다. 베아가 강하다는 사실은 여러 경험으로 알고 있었다. 하지만 정말 이 정도일 줄은 몰랐다. 타이는 다시 어린 시절로 돌아간 기분이었다. 툭 하면 넘어지고 나무에서 떨어져 울던 그 꼬마 시절, 곁에서 늘 보살펴 주던 베아가 떠올랐다.

"입맛 없을 테지만 억지로라도 좀 먹어. 그래야 기운을 차리지."

베아가 노릇하게 익은 토끼 고기를 건넸다. 가져온 비상식량은 모두 강 속에 가라앉아 버렸으니, 이제 정말 먹고 마시는 모든 것을 직접 구해야 했다.

"그렇다고 이걸 먹고 싶진 않을 거 아니야."

베아가 마늘꽃 열매를 먹으며 히죽 웃었다. 이곳에서도 저 이상한 꽃씨는 사방에서 날아왔다.

"너 왜 나 살렸냐?"

타이가 손에 쥔 고기를 불에 던졌다. 노릇한 냄새와 함께 화르르 불꽃이 일어났다.

"뭐야? 진짜 안 먹어?"

베아가 입에 묻은 끈적한 액체를 닦으며 두 눈을 크게 떴다.

"왜 날 살렸냐고!"

"무슨 소리 하는 거야? 그럼 너를 사람 반 물고기 반, 그 자식에게 홀리게 그냥 둬? 저 강 속에 빠져 죽게 내버려두냐고!"

정말 그랬다면 지금 눈앞에 베아는 없을 것이다. 비스족과 아버지, 전사들과 풍요로운 터전 실바마저 끝이다. 그저 강바닥 깊은 곳으로 가라앉아 편안한 꿈에서 영원히 깨지 않았겠지. 그것도 나쁘지 않았을 거라고 타이는 생각했다.

"내버려두지 그랬어."

말이 채 끝나기도 전에 베아에게서 거친 욕설이 날아들었다.

"목숨 걸고 간신히 구했더니 기껏 한다는 소리가 왜 살렸냐고? 죽게 내버려뒀어야 한다고?"

암갈색 눈동자가 타이를 매섭게 노려보았다. 그 눈빛은 불꽃보다 뜨겁고 칼날보다 예리했다.

"왜 살렸냐고? 너는 꼭 내 손으로 죽일 거라서. 그깟 물고기 녀석한테 홀려서 물에 빠져 죽는 꼴은 내 자존심이 허락하지 않아."

씩씩거리는 베아를 보며 타이의 입가에 지친 미소가 번졌다. 아마 생각보다 몸이 먼저 움직였겠지. 위험에 빠진 친구를 절대 혼자 둘 수 없었을 테니까. 녀석은 이미 비스족의 쿤이 될 자격이 충분했다.

"사실 운이 좋았어."

베아가 모닥불에 눈길을 둔 채 차분한 목소리로 이야기했다.

"처음에는 님파를 죽이려 했거든. 죽이진 않아도 치명상을 입혀야 너를 구할 수 있을 거라 생각했는데 때마침 물속에서 자라는 넝쿨이 보이잖아. 덕분에 무기는 전혀 필요 없었어. 머리를 틀어 올린 나뭇가지를 빼내는 것으로 모든 게 해결됐지."

고기 기름이 타며 불의 세기를 높였다. 강한 열기에 젖은 옷이 마르고 잃어버린 온기를 되찾아 주었다. 고기는 까맣게 타 버려 이상한 형체의 숯이 되었다. 타이가 나뭇가지를 부러뜨려 불 속에 넣었다. 노릇한 냄새가 사라지며 진한 나무 향이 피어올랐다.

"그 새가 그랬잖아. 님파는 강 속에 혼자 산다고. 아마 외롭고 심심해서 너를 데려가고 싶었나 봐. 장난치고는 너무 심하긴 한데 그렇다고 꼭 죽일 필요는 없지."

베아가 무릎을 세워 두 팔로 끌어안았다.

"이번 일로 어머니가 말한 진짜 힘이 뭔지 조금은 알 것 같아."

타닥타닥 나무 타는 소리를 들으며 베아가 톡톡 제 머리를 건드렸다.

"여기서 나온다는 그 힘이 생각보다 센 것 같아. 사실 나 두렵고 무서웠거든."

"님파 때문에?"

타이가 물었다. 베아가 힘없이 고개를 내저었다.

"아니. 후계자가 되어 머지않아 쿤의 자리에 오르는 거."

케이브에도 어김없이 밤이 내려앉았다. 울울한 침엽수 끝에 하얗고 둥근 달이 걸렸다. 그 주위에 은가루를 뿌린 듯 별들이 흩어져 있었다. 부엉이의 긴 울음과 커다란 날갯짓 소리가 가까이에서 들려왔다. 만월의 밤을 닮은 베아의 이야기가 서서히 차올랐다.

"네 말이 맞아. 사실 나 인정받고 싶었고 사람들에게 증명하고 싶었어. 그래서 케이브에 온다고 했고 내 힘으로 사라아를 찾겠다고 큰소리쳤어. 그것만이 어머니의 뒤를 이어 진정한 쿤이 될 수 있는 길이라 믿었거든."

바로 그 이유로 베아는 지금 아늑하고 따뜻한 실바가 아닌 낯선 케이브에 있다. 몇 번의 죽음을 건너고 몇 번의 위기를 넘기며 기어이 여기까지 왔다.

"그런데 내가 사라아를 못 찾는다고 해도, 피프족의 왕을 만나지 못한다 해도 이제 더는 두렵지 않아. 그 과정에서 배운 게 많거든. 때론 성공하지 못했기 때문에 얻는 게 있어."

밤하늘에 흘러가던 별 하나가 베아의 눈 속으로 스며들었다. 타이를 바라보는 암갈색 눈동자가 보석처럼 반짝였다.

"어머니가 후계자로 나를 선택한 이유가 분명히 있을 거야. 하지만 그걸 꼭 알아내야 할까? 문득 그런 생각이 들었어. 내가 나인 사실에 어떤 증명도 특별한 설명도 필요 없어."

"그럼 이만 돌아가자."

막혔던 숨을 토해 내듯 타이가 소리쳤다. 베아가 한 번 더 도리질했다.

"나는 오히려 지금부터라고 생각해. 사라아를 찾고 피프족의 새 왕을 만나려는 건 어머니도 비스족도 아닌, 내가 나에게 더 넓은 세상을 보여 주기 위해서니까."

"그 세상이 너를 파괴하고 더 나아가 비스족을 위험에 빠뜨릴 수도 있어. 너는 그들이 누군지, 새 왕이 어떤 존재인지 정확히 모르잖아."

만에 하나 탄이 비스족 왕의 후계자를 볼모로 삼아 전쟁이라도 일으킨다면 일은 생각보다 복잡하고 어렵게 흘러갈 거다.

"케이브는 죽음의 숲이라고 했지만 우리는 여전히 살아 있어. 경험하지 않았다면 결코 알 수 없었던 사실이야. 그러니까 더더욱 찾아가겠다는 거야. 짐작만으로는 진실이 무엇인지 전혀 알 수 없으니까. 내가 직접 그들의 새 왕을 찾아서 만나 보겠다고."

"대체 무엇을 위해?"

"무엇을 위해서가 아니야. 그냥 내가 보고 싶을 뿐이야."

"단지……."

"처음에는 명확한 이유가 있었어. 그런데 그것보다 더 중요한 걸 깨달았어. 원대한 목적보다 더 중요한 건 그냥 하고 싶은 순수한 마음이야. 너는 왜 나와 동행했어? 또렷한 목적이 있었어?"

베아의 질문에 타이가 아랫입술을 짓씹었다.

"아니잖아. 그냥 내가 걱정되어서 함께 가겠다 한 거잖아."

아니, 타이에게는 명확한 목적이 있었다. 베아를 안전하게 실바로 데려가는 일, 베아와 무사히 돌아가는 일, 오직 그 일념으로 이 여행에 동참했다.

"나는 결코 미리 걱정하지 않을 거야. 아무 의미 없다는 걸 알게 되었으니까. 토끼 인간에게 죽을 뻔하고 나무 괴수를 만났어. 그리고 인어에게 홀려 물속으로 끌려갔어. 그때마다 힘들었지만 나름 현명하게 잘 극복했잖아. 피프족을 만나면 또 다른 문제가 생기겠지. 하지만 분명 길이 있을 거야. 나는 그걸 배웠어. 설령 내가 쿤이 된다 해도 문제는 곳곳에서 발생하겠지. 그럼 그때 해결하고 헤쳐 나가면 돼."

결국 돌아가지 않겠다는 뜻이다. 기어이 끝을 보겠다는 의미다.

"너 혼자만의 호기심이면 괜찮아. 하지만 네 말대로 너는 쿤이 될 사람이야. 너 하나 때문에 우리 부족 전체가 위험해질 수 있어."

타이가 자리에서 일어나 숲 쪽으로 돌아섰다.

"너 말투며 행동이 점점 비슷해진다?"

생각지도 못한 한 마디가 날아들었다. 타이가 걸음을 멈추고 베아를 향해 고개를 돌렸다.

"솔인 화이거 말이야……. 네 아버지."

불꽃을 사이에 두고 두 사람의 시선이 엉클어졌다. 먼저 눈을 피한 건 타이였다. 그가 뒤돌아 밤이 내려앉은 숲으로 걸음을 옮겼다. 어디선가 늑대의 하울링이 길게 울려 퍼졌다.

＊

강은 거대한 뱀처럼 굽이쳐 흘렀다. 숲은 짙은 물안개에 휘감겨 있었다. 물길 하나 건너왔을 뿐인데 눈앞에 전혀 다른 세상이 펼쳐졌다. 하늘은 태양이 뜨기 전에 가장 어두운 법이다. 이 검은 숲이 케이브의 끝이란 생각이 들었다. 이 너머에 또 다른 땅이 펼쳐질 테지. 불어오는 바람 속에 새로운 냄새가 실려 왔다. 그 사실을 베아는 본능적으로 느꼈다.

평소라면 괜스레 아웅다웅했을 거다. 그러나 두 사람은 한 시간째 침묵을 지켰다. 여기까지 온 이상 혼자 돌아가라는 말은 의미가 없었다. 물론 타이를 따라 얌전히 실바로 돌아갈 생각도 없었다. 몇 번의 죽을 고비를 넘기며 강을 건너지 않았는가. 이제 이 숲을 통과할 일만 남았다.

님파에게 영혼을 빼앗겼고 깊은 강 속으로 빨려 들어갔다. 비록 모든 기억이 사라졌다 해도, 오히려 그렇기에 더더욱 두려울 것이다. 언제 어디서 비슷한 위험이 다가올지 모르니까. 아무리 타이가 예비 전사 중 최고라 해도 죽음 앞에서까지 초연할 수 없겠지. 단지 그 이유 때문일까? 저렇듯 굳은 표정으로 침묵하는 까닭은 죽음을 경험한 두려움 때문에? 생각할수록 베아는 머릿속이 어지러웠다. 함께하는 시간이 많아질수록 타이에게 벽이 느껴졌다. 짙은 안개에 둘러싸인 검은 숲처럼, 녀석의 주위를 맴도는 초조함의 정체가 정확히 무엇인지 보이지 않았다.

"이상한 냄새 안 나?"

안개보다 짙은 침묵을 거두며 타이가 물었다.

"비에 젖은 흙냄새 같은데?"

강이 가까이에 있었다. 지독한 안개가 사방을 에워쌌다. 눈앞에는 전보다 훨씬 어둡고 울창한 숲이 펼쳐져 있었다. 빽빽하게 자란 나무들이 거대한 막이 되어 햇살을 차단했다. 습기를 가득 머금은 대지에서 알싸한 향기가 피어올랐다.

"약간 비릿한 냄새도 나."

타이가 말하며 깊게 숨을 들이마셨다.

"물비린내겠지. 강 때문인지 습기가 많아."

"여긴 불 피우기도 힘들겠다."

햇볕도 들지 않은 곳인데 덤불과 나무 들은 울창했다. 머리까지 내려온 넝쿨을 거둬 내는데, 앞서 걷던 타이가 우뚝 걸음을 멈췄다. 동시에 베아의 두 다리도 멈춰 섰다.

"야, 그렇게 갑자기 서면 어떡해. 부딪칠 뻔했잖아."

하지만 타이의 등은 미동조차 없었다. 또 움직이는 나무라도 발견한 걸까? 베아가 보폭을 넓혀 발을 떼었다.

"뭐지?"

타이가 갑자기 멈추어 선 이유가 눈앞에 선명한 모습으로 나타났다.

"바큇자국?"

베아가 되물었다.

"이렇게 큰 바퀴가 있다고?"

타이가 의심 가득한 목소리로 중얼거렸다.

"그럼 바위?"

베아가 혼란스러운 듯 대답했다. 타이는 다시 침묵했다. 숲에는 커다란 무언가가 지나간 흔적이 또렷했다. 산사태에 바위가 굴러간 것 같기도, 거인들이 타고 다니는 거대한 수레바퀴가 지나간 것 같기도 했다. 땅이 반원으로 움푹 파였으며 굵은 기둥의 나무도 우지끈 부러져 있었다.

"피프족이 지나간 게 아닐까?"

베아가 입을 열었다.

"그럼 강 저편에도 비슷한 자국이 있어야지."

타이가 대답하고는 몸을 돌려 뒤를 살폈다. 녀석의 말처럼 강을 건너기 전에는 둥글게 파인 흔적을 발견하지 못했다. 바위든 거인들의 수레든, 강 너머에만 존재하는 무언가가 있단 뜻이었다. 타이의 손이 허리춤으로 향했다. 베아도 조심스레 칼자루를 어루만졌다. 귓가에 자박자박 두 사람의 발소리가 크게 들려왔다. 쿵쾅 거리는 심장의 진동이 더 강하게 느껴졌다.

"조심해."

타이가 날 선 목소리로 경고했다. 평소라면 '너나 정신 똑바로 차려!'라며 맞받아쳤겠지만 베아는 그저 고개를 끄덕였다. 주위를 감싸는 서늘한 기운에 온몸의 털이 곤두섰다.

타이가 한 걸음 앞서 걸었다. 베아가 후방을 살피며 뒤를 따라 갔다. 앞뒤를 모두 주시하며 걷는데 눈앞에 거대한 가시덤불이 나타났다. 타이가 멈춰 서자 베아도 자연스레 걸음을 멈췄다.

"바람이 부나?"

타이가 속삭이듯 말했다.

"네 머리카락 한 올도 안 움직여."

베아가 칼자루를 움켜쥐며 중얼거렸다. 미세한 바람조차 불지 않는 숲에 짙은 안개가 자욱했다. 새의 날갯짓마저 멈춘 듯했다. 숨 막히는 고요를 뚫고 자박자박 발소리만이 뾰족한 바늘이 되어 귓속을 찔렀다. 순간 거대한 가시덤불이 세차게 몸을 떨었다. 작은 폭풍우가 오로지 가시덤불 위에만 내려앉은 것 같았다.

"저 뒤에 뭔가가 있어."

타이가 허리춤에서 검을 뽑았다. 굳이 말하지 않아도 충분히 느낄 수 있었다. 베아도 재빨리 검을 빼 들었다. 뿌연 안개 속에서 은호랑이와 황금 곰이 깨어나 창백한 빛을 내뿜었다. 사람 키보다 적어도 열 배는 높은 가시덤불이었다. 조금씩 흔들리던 덤불이 미친 듯이 뒤틀리기 시작했다. 금방이라도 저 너머에서 거대한 무언가가 튀어나올 것만 같았다. 타이가 서서히 뒤로 물러났다. 베아역시 주춤거리며 덤불과 거리를 두었다.

"돌아가야겠어."

타이가 조금씩 뒷걸음치며 말했다.

"글쎄, 얌전히 돌아가게 해 줄까?"

괴물이나 유령, 어쩌면 거대 맹수인지도 몰랐다. 저 덤불 너머에 뭐가 있는지 알 수 없지만, 절대 상대에게 등을 보이면 안 된다는 사실만은 잊지 않았다. 다행히 어쩌면 불행히도.

"함부로 움직이지 마. 덤불 너머에 뭐가 있는지 확인해야 해."

큰 덤불을 뒤흔들 정도면 분명 거대한 녀석임이 틀림없었다. 상대의 전체를 파악하지 않는 한 싸움을 해 봤자 패한다.

"그러다 또 영혼까지 빼앗기면?"

타이가 낮지만 으르렁거리는 목소리로 물었다.

"걱정하지 마. 그럴 리 없을 거야."

베아가 한 번 더 검을 움켜쥐고는 툭 내뱉었다.

"전혀 쓸데없는 걱정일 테니까."

저 커다란 덤불을 뒤흔들 정도라면 굳이 상대의 영혼을 빼앗을 필요까지 없겠지. 그 전에 이미 모든 게임이 끝날 것이다.

"전혀 도움은 안 되지만 고마워, 베아."

타이는 완전히 공격 자세를 취했다. 베아도 어금니를 꽉 사리물었다. 설령 도망갈 때 가더라도 상대가 어떤 모습인지는 확인해야 했다. 하나의 거대한 놈인지, 수십 또는 수백의 적들인지 완전한 형태를 파악하기 전에는 섣불리 움직일 수 없었다.

금방이라도 무언가가 튀어나올 듯 흔들렸던 가시덤불이 거짓말처럼 멈췄다. 동시에 차륵차륵 귓가를 때리던 섬뜩한 소리도 사라졌다.

"뭐야?"

타이가 마른침을 삼키자 목울대가 꿈틀거렸다. 미친 듯이 흔들리던 가시덤불이 멈춘 순간 베아의 근육도 팽팽해졌다. 척추를 타고 서늘한 기운이 흘러내렸다.

덤불 너머에서 푸드덕 새의 날갯짓 소리가 들려왔다. 놀란 베아가 몸을 떨었다. 타이가 흡 숨을 들이마셨다. 이제 시작이구나 생각했는데 숲은 또다시 무거운 고요 속으로 가라앉았다.

"뭐가 어떻게 된 거야?"

베아가 묻고 싶은 질문이었다. 폭풍을 만난 듯 몸을 떨던 가시덤불이 조용했다. 금방 거대한 뭔가가 튀어나올 것 같았는데, 작은 산토끼 한 마리도 보이지 않았다.

님파의 초록색 눈동자가 없는데도 뭔가에 단단히 홀린 기분이었다. 베아가 한 걸음 가까이 다가갔다. 그 뒤를 타이가 따라붙었다. 걸음을 옮기자 덤불 아래 꿈틀거리는 하얀 것이 짙은 안개 너머에서 아른거렸다. 베아가 미간에 주름을 만들며 두 눈의 초점을 맞췄다.

"백사야."

가시덤불에서 스르르 미끄러져 나온 건 하얗고 작은 뱀이었다.

"설마 저 지렁이 한 마리 때문에 덤불이 흔들렸던 건 아니겠지?"

툴툴거리면서도 타이는 여전히 경계를 늦추지 않았다. 뱀을 좋아한다고는 말할 수 없지만 눈으로 빚은 듯 온몸이 새하얀 뱀은 어쩐지 아름답고 신비로웠다. 동물은 대부분 주위 환경과 비슷한 보호색을 띠게 마련인데, 이토록 탁하고 검은 숲에서 눈에 띄는 백사를 보다니. 좀처럼 쉽지 않은 일이었다.

"어떡할 거야? 저 덤불로 들어갈 거야?"

"그 길이 가장 빠르지 않을⋯⋯."

베아의 시선이 미끄러지듯 기어가는 백사의 꼬리에 닿았다. 온몸이 눈처럼 새하얗게 빛나서일까? 꼬리에 있는 검은 얼룩이 유독 눈에 띄었다. 그런데 자세히 보니 뾰족하게 솟은 것은 단순한 무늬가 아니었다.

"저 백사, 덤불에서 나오다가 꼬리에 가시가 박힌 모양이야."

"베아, 지금 저 뱀이 중요한 게 아니야. 이 덤불을 뚫고 가느냐, 아니면 돌아가느냐가 문제라고."

가시 때문에 상처가 덧나면 자칫 생명을 잃을지도 모른다. 뱀 꼬리에 박힌 가시를 빼 준다고 해서 사라아를 찾아가는 여정에 별다른 문제는 생기지 않을 거다. 베아가 손에 쥔 검을 칼집에 넣으며 말했다.

"잠깐 가시만 빼 주는 거야."

불퉁거리는 타이를 뒤로한 채 베아가 조심히 발을 옮겼다. 뱀 꼬리의 가시만 빼 주려는 거다. 하지만 그 간단한 일이 몰고 올 파장은 미처 예상하지 못했다.

베아가 가까이 다가가자 천천히 미끄러지던 백사가 머리를 세웠다.

"괜찮아. 너를 해치려는 게 아니야. 가시만 뽑아 줄게."

뱀 꼬리에 박힌 가시를 뽑는 순간, 또다시 눈 밑 상처가 욱신거렸다. 돌연 하늘을 가리던 나무들이 굵은 가지들을 움직이고, 그 틈새로 쏟아진 햇살이 삼각형 머리 위에 내려앉았다. 뱀의 두 눈이 붉게 변하자 쿠구궁 산에서 바위 굴러오는 소리가 들려왔다. 타이가 멍하니 앉아 있는 베아의 옷깃을 낚아채며 소리쳤다.

"뛰어, 이 멍청아!"

＊

"내가 말했지? 그냥 가는 게 좋겠다고."

타이가 주춤주춤 뒤로 물러서며 말했다.

"누가 일이 이렇게 될 줄 알았냐?"

베아가 허리에 찬 검을 빼 들었다.

"여기는 케이브잖아."

"그놈의 잔소리는 나중에 하면 안 돼?"

"그래. 저 괴물에게 잡아먹히지 않으면."

백사가 꼿꼿하게 머리를 세우고 두 사람을 노려보았다. 더 정확히는 굽어보았다. 상식을 벗어난 숲에서는 끊어진 밧줄만큼 가늘었던 뱀이 한순간에 아름드리 거목보다 굵어질 수 있었다. 덕분에 케이브가 어떤 곳인지 베아는 한 번 더 깨달았고 조금 전 보았던 바위가 지나간 듯 움푹 파인 길과, 가시덤불이 미친 듯이 흔들렸던 이유도 알게 되었다. 베아가 꼬리에서 가시를 빼내자 백사는 몸피를 키우기 시작했는데, 그 모습은 흡사 산 위에서 떨어뜨린 눈덩이 같았다. 그 작은 것이 조금씩 굴러가며 커졌고, 정신을 차렸을 땐 놈은 두 사람을 한입에 집어삼킬 정도로 거대한 괴물이 되어 있었다. 마치 이 산을 가로지르는 강물처럼 난폭하고 강하게 굽이쳤다.

"나도 누가 내 일에 멋대로 참견하면 화나더라."

"참견한 게 아니라 도와주려고 했어."

"그건 베아 네 생각이지."

타이의 말이 끝나기 무섭게 거대한 백사가 꼬리를 휘둘렀다. 그 위력에 주위의 나무가 힘없이 부러지며 우지끈 소리가 고요한 숲을 울렸다. 꼬리에 정통으로 맞는 날에는 온몸의 뼈가 산산이 부서질 것이 자명했다.

백사에게서 벗어날 방법은 작은 몸을 최대한 이용하는 것뿐이었다. 그러나 아무리 나무 사이와 덤불숲으로 도망쳐도 백사는 주변의 모든 것을 찬찬히 부숴 나가며 두 사람을 뒤쫓기 시작했다. 작은 인간들이 숨을 곳은 절대 만들지 않겠다는 듯 눈에 보이는 전부를 가루로 만들었다. 타이의 머리 위로 부서진 나무 파편들이 우수수 쏟아져 내렸다. 두 사람 모두 뱀에게 쫓기는 생쥐가 따로 없었다. 지금 상황이면 살아남을 확률이 생쥐보다 지극히 낮았다.

"베아, 너 이번에는 뭐 보이는 거 없어?"

타이가 도망치며 소리쳤다. 베아가 몸을 날려 바위 뒤로 숨어들었다. 또다시 상처가 욱신거리더니 눈앞에 선명한 붉은빛이 아른거렸다. 그것은 나무 괴수의 뿌리에서 보았던 것과 비슷했다. 그 붉은 표시가 지금 거대 백사의 머리에서 반짝였다.

"머리 위 저 황금색 문양이 놈의 급소야."

"젠장, 너는 대체 그런 게 왜 보이는 거야?"

"나도 몰라."

순간 꼬리가 날아오더니 베아가 숨은 바위를 때렸다. 산이 무너지는 소리와 함께 바위가 두 동강 나며 사방으로 파편이 튀었다. 흙먼지가 시야를 가려 앞이 보이지 않았다. 누군가 재빨리 베아의 뒷덜미를 낚아챘다. 동시에 붕 소리와 함께 거대한 꼬리가 털썩 땅을 때렸다.

"야! 정신 안 차려? 뱀에게 물린 것도 아니고 꼬리에 맞아 죽었다면 아무도 안 믿어."

"머리를 공격해야 해!"

나무 괴수의 뿌리처럼 단숨에 백사의 머리를 찔러야 했다. 그러나 동굴 같은 입과 철퇴 같은 꼬리가 사방에서 날아드는 상황에서는 절대 쉽지 않은 일이었다. 두 사람은 거대한 백사를 피해 정신

없이 달렸다. 등 뒤에서 우지끈 나무가 부러지고 커다란 바위들이 날아다녔다. 크기와 위력, 민첩함까지 겸비한 백사는 나무 괴수와 비교 자체를 거부했다. 두 사람을 집어삼키기 위해 가장 활발하게 움직이는 머리를 공격하는 건 불가능에 가까웠다. 갈고리 같은 혓바닥이 날아오자 타이가 뒤돌아 검을 내리쳤다. 갈라진 붉은 혀 한쪽이 잘려 나가고, 거대 백사가 귀를 찢는 괴성을 내지르며 몸부림쳤다.

"와! 나 괜히 저 자식 성질 건드린 건가?"

타이가 뒤로 물러서며 소리쳤다. 백사가 고통에 몸부림치는 사이 베아는 빠르게 주위를 살폈다. 멀지 않은 곳에 기묘한 모양으로 구불거리며 자란 나무 기둥이 보였다. 백사가 휘두르는 건 오직 꼬리였다. 꼿꼿하게 솟은 저 머리만 잠시 붙잡을 수 있다면 의외로 일은 간단하게 해결될 것이다. 먼저 놈의 머리를 공격해야 하는데 그러기 위해서는 짧은 순간 폭발적인 힘이 필요했다.

"타이, 빨리 저 나무 위로 올라가."

타이의 시선이 베아의 손끝에 닿았다.

"바보냐? 뱀이 얼마나 나무를 잘 타는데!"

"내가 저 아래 휘어진 기둥 쪽으로 유인할게. 너는 위에 있다가 머리가 저 사이에 끼면 한 번에 내리찍어야 해."

검으로 검을 베어 내고 목검으로 단단한 대련장 바닥도 뚫은 힘이었다. 타이라면 괴물의 세 번째 눈 정도는 충분히 처리할 수 있을 거다.

"베아! 너무 위험한⋯⋯."

"다른 뾰족한 방법 있어? 없으면 잔말 말고 빨리 움직여."

베아가 허공에 두 손을 흔들며 거대 백사의 시선을 끌었다. 그 사이 타이가 달려가 나무 위에 매달렸다. 기회는 단 한 번뿐이었다. 고통으로 몸부림치던 놈은 주위의 모든 것을 집어삼킬 듯 맹렬하게 꿈틀거렸다. 그러고는 놀라운 속도로 베아를 뒤쫓았다. 잔뜩 뒤틀려 휘어진 나무 기둥에 정확히 백사의 머리가 낄지는 알 수 없었다. 만약 그런 행운이 와도 놈이 격렬하게 꿈틀댄다면 나무는 오래 버티지 못할 거다. 마지막으로 믿을 수 있는 건 오직 타이의 힘과 실력뿐이었다.

나무까지 달려간 베아가 몸을 숙여 둥글게 휜 나무 기둥을 통과했다. 하지만 너무 성급했을까. 다리를 겹질려 그만 앞으로 고꾸라졌다. 재빨리 일어나려 했지만 갑자기 다리에 힘이 들어가지 않았다. 발목이 제대로 꺾인 모양이었다.

불행 중 다행으로 베아를 삼키려는 거대 백사의 머리가 휘어진 기둥 사이에 정확히 걸려 버렸다. 빨리 도망쳐야 하는데 놀란 다리 근육이 말을 듣지 않았다. 눈앞에 거대한 입이 지옥문처럼 활짝 벌어졌다. 안에는 황소 뿔보다도 크고 예리한 송곳니가 번뜩였다. 베아가 엉덩이걸음으로, 주춤주춤 뒤로 물러섰다. 조금만 늦었어도 저 송곳니에 몸이 뚫리거나 아예 온몸이 두 동강 나 버렸을지도 모른다.

"뭐 하는 거야, 타이! 지금이야!"

머리가 꽉 낀 채로 거대 백사가 버둥거렸다. 그 엄청난 힘에 나무 전체가 들썩거렸다. 뿌리째 뽑히든 기둥이 산산이 부서지든 둘 중 하나였다. 한쪽이 잘린 붉은 혓바닥이 베아의 코앞까지 뻗어왔다. 이제 더는 엉덩이걸음으로 물러설 곳조차 없었다.

"타이! 지금이라고!"

베아가 온 힘을 짜내 소리쳤다. 나무 위에서 한가롭게 낮잠을 자는지, 아니면 멀리 숲의 전경이라도 보는지 공격해야 할 타이가 털끝 하나 보이지 않았다. 머리가 낀 거대 백사는 미친 듯이 온몸을 뒤틀며 요동쳤다. 그때마다 나무가 통째로 뽑힐 듯 격렬하게 들썩거렸다.

"이봐! 나한테 잠깐 시간 좀 줄래? 저 위에 내 손으로 꼭 죽여버릴 녀석이 있거든. 그 자식 처치하고 다시 내려올 때까지만 얌전히 기다릴 수 있지?"

물론 그 말을 이해할 놈이 아니었다. 꺾인 발목은 여전히 말을 듣지 않았다. 백사의 혓바닥은 점점 더 가까이 다가오고, 머리를 죄는 나무 기둥은 나사 빠진 의자처럼 삐거덕거렸다. 이제 더는 소리칠 힘조차 남아 있지 않았다. 베아가 마지막 힘을 쥐어짜 간신히 욕설을 내뱉었다.

"타이, 이 멍청한 놈."

순간 커다란 기합과 함께 허공에 칼날이 반짝였다. 거대한 뱀의 머리 위로 떨어진 타이가 정확히 제3의 눈에 검을 꽂았다. 동시에 산을 뒤흔드는 괴성이 숲을 찢고 베었다. 새들이 날아오르고 쥐들이 서둘러 굴속으로 들어갔다. 눈부시게 새하얀 빛이 사방으로 퍼져 나갔다. 커다랗던 백사의 몸통이 조금씩 줄어들더니 이내 처음 본 작고 흰 모습으로 돌아왔다. 백사는 낡은 밧줄처럼 축 늘어져 죽어 있었다.

"왜 이렇게 빨리 왔어? 내가 저 녀석 배 속에서 다 소화될 때까지 기다리지 그랬어."

"그러게. 왜 괜한 짓을 해."

베아가 천천히 자리에서 일어났다. 여전히 다리가 뻣뻣하지만 다행히 뼈가 부러진 것은 아니었다. 근육이 놀랐을 뿐이니 시간이 지나면 다시 걸을 수 있을 거다.

"도와주려고 했어."

"그래서 결국 너는 저 괴물에게 먹힐 뻔하고 말이야."

물론 베아의 선의로 두 사람이 위험에 빠진 건 사실이었다. 자칫하면 모두 뱀의 먹이가 될 뻔했으니까. 하지만 절대 나쁜 의도는 아니었다.

"어차피 시간문제였어."

"무슨 시간문제?"

타이가 물었다. 베아가 절뚝이며 한 걸음 간신히 움직였다.

"아까 가시덤불 흔들리는 거 봤잖아. 저 녀석은 언제라도 몸피를 키울 수 있었어. 기습으로 등 뒤에서 나타났으면 우린 지금쯤 저 녀석 배 속에 있었을 거야."

타이가 화를 내는 건 충분히 이해할 수 있었다. 황소 뿔보다 커다란 송곳니를 가진 뱀에게 쫓기면 누구나 이성을 잃을 테니까.

"그래서 나 혼자 오려고 했어. 너에게 강요하지 않았다고!"

베아가 성마르게 소리치고는 지친 한숨을 토해 냈다.

"너도 많이 놀랐다는 거 알아. 나 때문에 일이 이렇게 돼서 화가 났을 거야. 하지만 이제 모든 것은 끝났어. 타이, 너는 지금 우리가 어디에 있는지 모르겠어?"

바람에 살랑이는 커튼처럼 멀리 햇볕이 스며들었다. 짙은 어둠으로만 가득 찼던 숲속에 색색의 꽃들이 피어 있었다. 그 주위로 벌, 나비와 새들이 날아다녔다. 이곳은 케이브의 끝이었다. 저 빛을 따라가면 드디어 이 죽음의 숲에서 벗어날 수 있었다. 사라아가 멀지 않았다는 신호다.

"우린 해냈어. 이 숲을 무사히 빠져나왔다고. 이제 저 너머는 사라아야. 너와 내가 죽음의 숲을 통과했단 말이야."

베아가 비틀거리며 한 발 가까이 다가갔다. 딱 그만큼의 거리로 물러선 타이가 천천히 고개를 내저었다.

"베아…… 너는 사라아에 갈 수 없어."

죽음과도 같은 피곤이 밀려들었다. 거대 백사에게 쫓기느라 모든 힘을 쏟아부었다. 누군가가 살짝 건드리기만 해도 곧바로 쓰러질 것만 같았다. 더는 타이의 유치한 투정 따위 받아 줄 여력이 없었다. 베아가 지친 얼굴로 두 어깨를 늘어뜨렸다.

"타이, 그만 징징거려. 우선 근처에 마늘꽃 씨앗이 있는지 좀 살펴봐 줘. 뭐라도 먹어야 할 것 같아."

"그래. 넌 그 잘난 마늘꽃 씨앗을 먹은 다음부터 내가 볼 수 없는 것들을 보기 시작했어. 조금 전에도 놈의 약점은 오직 네 눈에만……."

"그만하라고 했잖아!"

베아가 탁하게 갈라진 목소리로 소리쳤다.

"너야말로 머리가 어떻게 된 거야? 왜 자꾸 이상한 소리를 해. 내가 왜 사라아에 갈 수 없는데? 참는 데도 한계가……."

타이가 바닥에 떨어진 검을 집어 들었다. 은호랑이가 햇볕에 반사되어 하얗게 빛났다. 조금 전 거대 백사를 죽인 검이었다. 바로 그 검의 칼끝이 지금 베아의 목을 겨냥했다.

"네가 왜 사라아에 갈 수 없냐고? 내가 너를…… 갈 수 없게 만들 거니까."

기둥 같은 뱀 꼬리에 정통으로 맞은 기분이었다. 한순간 머릿속이 멍해져 모든 생각이 지워져 버렸다. 단도를 건네줄 때조차 칼자루는 늘 베아를 향해 있었다. 목검으로 대련할 때도 먼저 칼을 겨눈 적이 없었다. 그런데 지금 서늘하게 빛나는 은호랑이의 칼날이 정확히 베아의 목을 노렸다.

"너…… 지금 뭐 하는 거야?"

절대 장난이 아니었다. 타이의 눈을 보면 알 수 있었다. 황금빛 두 눈에서 차가운 안광이 뿜어져 나왔다. 적을 바라보는 전사의 눈빛이었다.

"베아, 마지막으로 부탁할게. 그냥 실바로 돌아가자."

196

베아가 눈을 내려 목을 겨눈 칼끝을 바라보았다.

"갑자기 두 가지가 궁금해지네."

"……"

"첫 번째는 네가 언제부터 나에게 이런 식으로 부탁했지?"

은호랑이를 품은 검이 미세하게 진동했다.

"두 번째는 만약 내가 그 부탁 거절한다면, 네 검으로 뭘 어쩌겠 다는 건데."

타이가 깊이 숨을 들이마시고는 천천히 내뱉었다.

"이 검으로 너를 베야 해."

그 한마디가 쿵 소리를 내며 베아의 심장에 떨어졌다.

"너…… 진심이구나?"

왜 이러냐는 질문조차 생각나지 않았다. 무심코 고개를 돌렸을 때 언제나 커다란 타이가 있었다. 타이는 철없는 동생이자 듬직한 오라비이며 가장 가까운 친구였다. 베아와는 영혼이 맞닿은 쌍둥 이였다. 그런데 녀석의 입에서 도저히 믿을 수 없는 소리가 튀어 나왔다. 영혼이 부서지는 충격 앞에서는 '왜?'라는 질문조차 무의 미했다.

"나…… 나를 베겠다고?"

"베아, 그러니까."

"네가 나를?"

분노도 배신감도 아닌 소름 끼치도록 시린 냉기가 척추를 타 고 흘러내렸다. 베아가 절뚝이며 가까이 다가가자 타이가 주춤 뒤로 물러섰다. 검을 움켜쥔 손이 미친 듯이 떨고 있었다. 타이의 두려움과 혼란이 베아의 가슴 깊은 곳까지 전해졌다. 너무 선명해서 숨이 막혀 왔다.

"나를 벤다고?"

베아의 마지막 한 마디에 목을 겨누던 칼끝이 떨어졌다. 그렇게 은호랑이는 애꿎은 허공만 베어 냈다.

"결국 그럴 줄 알았어. 내가 말했잖아. 너는 죽어도 베아를 벨 수 없다고."

바스락 소리와 함께 덤불에서 검은 그림자가 나타났다. 익숙한 목소리라 생각했지만 설마 싶었다. 베아가 고개를 돌린 곳에 울피가 서 있었다.

"오랜만이야 베아. 물론 나는 줄곧 너와 타이를 지켜봐 왔지만."

울피가 빙긋이 웃으며 팔랑팔랑 손을 흔들었다.

케이브에 울피가 있다는 사실이 걸어 다니는 나무와 거대 뱀을 마주하는 것보다 몇 배는 더 믿을 수가 없었다. 베아가 놀란 표정을 한 채 벌린 입을 다물지 못했다.

"울피, 네…… 네가 어떻게 여기를…….."

"그건 저 녀석에게 물어봐."

울피가 턱짓으로 타이를 가리키고는 한쪽 입꼬리를 올렸다.

"저 녀석이 토끼 사냥을 유독 길게 하지 않았어? 주변에 널린 게 나뭇가진데 땔감을 핑계로 굳이 더 깊은 숲으로 들어갈 필요가 있었을까?"

울피의 말은 사실이었다. 타이는 자주 베아의 시선에서 벗어났다. 그때마다 생리적인 문제겠거니, 대수롭지 않게 여겼다. 사냥을 하고 더 많은 땔감을 줍고 주변을 탐색하기 위해서라고 믿었다. 그런데 베아의 시야에서 사라진 순간, 녀석은 죽음의 숲 케이브에 결코 있을 수도, 있어서도 안 되는 누군가를 만나고 있었다.

타이가 사라질 때마다 숲속에서 늑대의 하울링이 들려왔다. 그것이 하나의 신호였음을 베아는 비로소 눈치챘다.

"뭐야, 너희들?"

"과연 뭘까?"

울피가 어깨를 으쓱해 보였다. 타이가 다 끝났다는 망연한 얼굴로 아랫입술을 짓씹었다. 손에 들린 은호랑이가 날카로운 소리를 내며 바닥으로 떨어졌다. 베아는 모르는, 아니 베아만 모르는 무언가를 두 사람은 알고 있었다.

신
의
나
라

1.

"여기 널린 게 나뭇가진데 뭘 멀리까지 다녀와?"

베아가 심드렁히 물었다. 타이가 바닥에 나뭇가지를 내려놓으며 대답했다.

"혹시 몰라서 좀 살펴봤어."

"혼자? 무슨 일이라도 생기면 어쩌려고? 아까 늑대 울음소리가 들렸어. 아무래도 숲에 늑대 무리가 있는 것 같아."

"있어도 가까이에 안 와."

타이가 말을 멈추고 슬쩍 눈치를 살폈다.

"솔직히 말할까? 너 그 잘난 씨앗 먹는 모습 보기 힘들어서, 일부러 피했다. 됐냐?"

그 뒤로 두 사람 사이에 몇 번의 싱거운 대화가 오고 갔다. 다행히 베아는 별다른 의심이 없었다. 늑대 울음의 진짜 정체를 모를 테지. 그것이 무슨 신호인지는 오직 한 사람만이 알고 있었다. 타이가 부싯돌로 불을 붙였다. 새하얀 연기 사이로 베아의 갈색 눈동자가 비쳤다. 타이의 시선이 바닥으로 떨어졌다. 검은 숲보다 더 어둡고 깊은 곳에서 무슨 일이 벌어지는지 오직 베아만 알지 못했다.

늑대의 하울링이 울피의 신호라는 사실을 알았지만, 설마 녀석이 케이브까지 쫓아왔으리라고는 생각지 못했다. 소리 나는 쪽으로 걸음을 옮기자 나무 기둥 뒤에서 불쑥 그림자가 나타났다.

"미쳤어? 기어이 여기까지 쫓아와서 뭘 어쩌겠다는 거야?"

타이가 낮지만 으르렁거리는 목소리로 말했다.

"누가 너 보고 싶어서 여기까지 온 줄 알아?"

어둠 속에서 울피의 파란 눈동자가 차갑게 빛났다.

"입 닥치고 빨리 꺼져."

베아가 알면 모든 계획은 물거품이 된다. 타이가 와락 울피의 멱살을 틀어쥐었다.

"예의를 지켜. 나는 지금 솔의 명령에 따라 움직이고 있으니까."

울피가 거칠게 타이의 손을 뿌리쳤다.

"솔이 너에게 명령했지. 만약 사라아에 도착하기 전에 베아의 마음을 돌리지 못하면 그때는 네 손으로 베어 버리라고. 그런데 과연 네가 베아의 목에 칼을 겨눌 수 있을까?"

전사들의 수장인 솔, 비스족의 이인자이자 아버지인 화이거가 어떤 사람인지 타이는 누구보다 잘 알고 있었다. 얼마나 철두철미하게 무서운 계획을 세웠는지를.

"말했지? 나는 베아를 데리고 무사히 실바로 돌아갈 거야."

절대 베아에게 칼을 겨누는 일은 없을 것이다. 그 전에 어떻게든 마음을 바꿔 두 사람 모두 안전하게 돌아갈 테니까. 하지만 전사들의 수장은 마지막까지 자신의 아들을 믿지 못했다.

화이거가 베아를 막아서는 이유는 자명했다. 부르인은 베아가 피프족과 동맹을 맺을 거라 믿지만 화이거는 그 계획에 대단히 회의적이었다. 우선 피프족이 우호적일지 적대적일지 알 수 없을뿐더러, 만에 하나 쿤의 바람대로 순조롭게 동맹을 맺는다 해도 문제는 여전히 남아 있었다. 자칫하다간 비스족의 무기와 전투 기술이 피프족에게 흘러갈 수 있을 테니까. 그럴 바에야 차라리 전쟁을 일으키는 쪽이 더 나을 터였다. 하지만 그 전에 베아가 피프족의 인질로 잡히면 일은 복잡해진다.

타이가 솔에게 받은 명령은 오직 하나뿐이었다. 베아를 다시 실바로 데려오는 것, 그러지 못할 경우 그 자리에서 베어 버리는 것. 하지만 솔은 마지막까지 의심했다. 과연 타이가 베아의 목을 내리칠 수 있을까? 적잖이 불안했겠지.

"그건 네 계획이고. 솔의 계획은 또 다르니까."

쿤이 자신을 경계한다는 걸 화이거도 모르지 않았다. 시간이 지날수록 두 사람의 의견은 벌어졌고, 쿤을 따르는 개혁파와 솔을 지지하는 보수파로 세력이 나뉘었다. 그 결과 쿤과 솔은 감정의 골이 깊어졌다. 지금 부르인이 가장 저어하는 대상은 비스족의 이인자이며 가장 가까이에 있는 솔이다.

처음부터 화이거가 타이를 동행자로 내세웠다면 부르인은 의심부터 했을 거다. 그 경계를 풀기 위해 솔은 부러 울피를 추천했고 그의 예상은 적중했다. 부르인은 베아와 함께 케이브로 떠나는 조력자로 타이를 지목했다. 하지만 여기까지가 타이가 알고 있는 전부였다.

모든 계획에 빈틈이 없는 솔은 이미 아들의 행동조차 예견하고 있었다. 만약 타이가 머뭇거린다면 그땐 두 번째 칼을 써야 했다. 그 증거가 바로 눈앞에 있었다.

"내가 베아를 벨 수 있는지 없는지 너를 먼저 시험 삼아 볼까?"

무엇에 대한, 아니 누구에 대한 분노인지 알 수 없었다. 아들마저 불신하는 아버지, 기어코 케이브까지 쫓아온 울피, 여전히 사라아를 찾겠다며 고집부리는 베아. 타이는 모두에게 화났고 모두가 원망스러웠다.

"원하면 얼마든지. 심판은 베아에게 봐 달라고 하면 되겠네. 나를 보면 과연 쿤의 후계자가 어떤 표정을 지을지 궁금하긴 해."

전쟁으로 부모를 잃은 울피는 베아의 선택을 못마땅하게 여겼다. 자칫 새로운 전쟁의 씨앗이 될까, 피프족에게 전사들의 힘이 넘어갈까 화이거만큼이나 불안해했다. 쿤의 후계자를 처단하는 일이 설령 반역이라 해도 그것이 진정 비스족의 평화를 위하는 일이라면 기쁘게 실행할 것이다. 울피를 키운 건 비스족과 전사들 그리고 화이거였다. 울피의 말처럼 녀석은 부모가 참 많았다.

"똑똑히 들어, 울피. 내가 베아랑 실바로 돌아가든 아니면……."

타이가 말을 멈추고 마른침을 삼켰다. 애써 진정하려 해도 자꾸만 목소리가 떨렸다.

"베아의 목에 칼을 겨누든 너는 꼭 반드시 내 손으로 베어 버릴 테니까."

울피가 서늘히 웃고는 양 손바닥을 들어 보였다. 원한다면 마음대로 해 보라는 의미였다.

"그때까지 이곳에서 개죽음당하지 말라고. 여긴 케이브야. 너에게 무슨 일이 일어나도 나는 도와줄 수 없어."

"하! 여기가 이상한 곳이긴 한가 보네. 타이, 네가 내 걱정까지해 주고 고마워서 눈물이 다 나려고 한다."

"그래. 그때도 웃을 수 있을지…… 실바에서 보자."

타이가 뿌득 어금니를 사리물었다.

"부디 그런 영광이 찾아오기를."

울피가 한 손으로 허공에 반원을 그리며 깊이 허리를 숙였다.

"위대한 솔의 아들이시여."

타이가 몸을 돌리는 순간 단도가 날아와 나무에 박혔다. 조금 전 울피가 던진 것이다.

"아! 진짜. 다들 왜 나한테만 자랑질이야?"

타이가 단도를 빼내 들고 울피에게로 되돌아갔다.

"이렇게 유치한 짓 안 해도 너 단도 잘 던지는 거 알아."

울피의 시선이 타이가 손에 쥔 단도에 닿았다. 칼자루는 울피를 향해 있었다.

"나 죽이려면 지금 하는 게 좋아. 나중에 후회하지 말고."

타이가 피식 코웃음 치고는 녀석의 손에 단도를 쥐여 주었다.

"실바로 돌아가는 즉시 목검으로 정확히 네 목을 뚫어 줄 거야."

절대 베아의 목에 칼을 겨누는 일은 없을 것이다. 무슨 짓을 해서라도 베아의 마음을 바꿀 테니까. 모두 함께 실바로 돌아갈 것이라 다짐하며 타이가 주먹을 움켜쥐었다.

그럴 수 있으리라 생각했다. 어떻게든 베아의 마음을 돌릴 거라고 믿었다. 하지만 케이브에 들어와 그 이상한 씨앗을 먹은 후로 베아는 서서히 변해 갔다. 두려움이 사라졌고 모든 행동이 과감해졌다. 창공을 나는 한 마리 새처럼 자유로웠다. 자신이 왕의 후계자란 사실과 그 힘을 증명해야 한다는 강박에서도 모두 놓여난 듯 보였다. 베아는 타이가 볼 수 없는 것을 보는 새로운 힘을 갖게 되었다. 타이는 베아의 자유로움이 두렵고 무서웠다. 결국 후계자를 실바로 데려가려는 계획은 실패로 돌아가고 말았다. 모든 비밀마저 백일하에 드러났으니까. 하지만 차마 베아를 벨 수 없었다. 그것만은 절대 불가능했다.

＊

베아는 자신의 두 귀를 의심했다. 전사들의 수장 솔이 쿤의 후계자 암살 명령을 다른 누구도 아닌 아들에게 내렸다고? 아니, 타이조차 믿지 못해 울피까지 뒤를 쫓게 했다니. 어릴 때부터 함께 놀던 세 친구에게 서로를 향해 칼을 겨누라고 가르친 것이다.

"아니야 베아. 나는 너를 데리고 다시 실바로 돌아갈 자신이 있었……."

"시끄러워 타이. 나는 지금 네 의견 따위를 묻는 게 아니야. 대체 왜 화이거가 나를 막는 거야? 내가 사라아를 가지 못하도록 방해하는 이유가 뭐냐고?"

"그거야 네가 비스족을 위험에 빠뜨릴 테니까."

대답은 울피에게서 나왔다. '그게 무슨 소리야?' 표정으로 묻는 베아를 보며 타이가 고개를 돌렸다.

"타이, 너도 내가 사라아를 찾는 게 비스족을 위험에 빠뜨리는 일이라고 생각해? 그래서 나를 막으려고 일부러 함께 온 거야?"

그런 줄도 모르고 순수하게 친구로서 동행했다고 믿었다. 하지만 어디까지나 혼자만의 착각이었을까. 그 아픈 진실을 베아는 오늘에서야 깨달았다.

"나는 단지…… 케이브는 위험한 곳이니까……."

"네가 그렇게 아버지 말을 잘 듣는 착한 아들인 줄 몰랐네. 지금까지 툭하면 화이거에게 불퉁거린 것도 다 연극이었어?"

"그런 거 아니야."

타이의 다급한 외침이 너른 숲에 공허하게 퍼져 나갔다. 울피가 두 사람을 향해 조금 더 가까이 다가왔다.

"아니라고 생각하겠지. 그런데 베아 네 말이 맞아. 저 자식, 아버지를 진저리 치게 싫어하면서도 아버지 말이라면 절대 거역하지 못해. 어릴 때부터 화이거가 그렇게 길들였으니까."

"닥쳐, 울피."

타이가 사납게 으르렁거렸다.

"그랬으니 얌전히 화이거가 시키는 대로 너를 따라왔지."

울피가 연민 가득한 표정으로 고개를 내저었다. 생각해 보면 타이는 전사도, 그들의 수장인 솔도 관심 없었다. 그런데도 묵묵히 훈련을 받고 각종 대련에서 최고의 자리에 올랐다. 그런 모습들이 베아 눈에는 천재의 자만이자 괜한 허세로 보였다. 만약 울피의 말이 사실이라면 타이의 눈부신 성과는 스스로가 아닌 아버지의 꼭두각시 노릇을 한 결과일 뿐이었다.

"처음부터 나랑 놀았던 것도 화이거의 명령이었어?"

베아가 물었다. 타이가 빠르게 도리질 쳤다.

"그럴 리 없잖아. 그땐 명령 따위가 뭔지도 모를 나이였다고."

"그렇겠지. 명령 따위도 모를 때부터 너는 이미 아버지에게 조종당했으니까."

"울피, 제발 닥치라고 했잖아!"

서로에게 으르렁거리는 두 사람을 보자 베아는 또다시 머릿속이 어지럽게 뒤엉켰다. 쿤을 가장 가까이에서 보필하는 솔이 자기 아들에게 후계자 암살을 명령했다. 피프족이 비스족에게 우호적인 동맹국이 될지, 서로 칼날을 맞대는 적국이 될지는 아무도 모르는데 말이다.

죽음의 숲이라 불리는 케이브에 들어간 사람 중 살아 돌아온

이가 없다고 했다. 하지만 지금 이곳에 베아와 타이 그리고 엉뚱한 울피까지 있지 않은가. 만약 베아가 케이브로 가겠다는 각오가 없었다면 이처럼 신비한 곳은 영원히 악명으로 남았을 거다.

사라아도 마찬가지다. 직접 그 땅을 찾은 이에게는 더는 전설이나 꿈이 될 수 없었다. 눈앞에 선명한 현실이 되니까.

"타이 네 영혼을 훔친 건 인어 님파가 아니라 바로 네 아버지 화이거야."

울피가 조소 가득한 얼굴로 빈정거렸다. 꽉 움켜쥔 타이의 손이 부들부들 떨렸다. 당장이라도 울피를 베고 싶으면서도, 정말 그런 일이 벌어질까 두려운 눈빛이었다.

베아는 강에서 머뭇거리던 님파를 떠올렸다. 인어의 말처럼 사슴이 뛰어들었다고 생각했다. 그런데 두 사람이 님파와 신경전을 벌일 동안 전혀 다른 인물이 먼저 강을 건넜다.

"그런 너도 화이거의 명령으로 여기까지 온 거잖아."

베아가 물었다. 울피가 가볍게 어깨를 들썩였다.

"베아 너와 같아. 나도 내가 원해서 직접 여기까지 온 거야. 다만 너는 새로운 개혁을 원하지. 하지만 나는 안정을 지키길 원해. 그게 너와 나의 가장 큰 차이점이야."

명백한 반역이자 무서운 역모였다. 베아는 엄연한 왕의 후계자였다. 다음 세대 쿤을 막는 건 최고 존엄에 반기를 드는 것과 같았다. 다른 누구도 아닌 가장 가까이에서 왕을 보호하는 전사들의 수장이 주군의 등에 칼날을 겨누다니, 생각만으로도 온몸의 피가 차갑게 굳어 가는 느낌이었다.

"안정이라……. 결국 아무것도 시도하지 않겠다는 뜻이잖아."

케이브에 들어와 베아는 많은 것을 깨달았다. 일단 무언가를 시작하게 되면 처음 가졌던 두려움이 반으로 줄어들고, 여러 문제를 해결하면서 스스로를 믿게 되었다. 사라아를 찾아 피프족의 새 왕을 만나는 일은 절대 쉽지 않겠지만 전혀 불가능한 것도 아니었다. 그 증거로 베아는 이미 그 길 끝에 와 있다.

"그런 너야말로 괜스레 긁어 부스럼 만들지 마."

울피의 파란색 눈이 경고의 빛으로 번뜩였다.

"우리 부족을 위해서야. 피프족의 새 왕은 새로운 능력이 있다고 했어."

"헛소문이야."

"나는 그걸 확인하러 가겠다는 거야. 그게 왜 비스족을 위험에 빠뜨리는 일이지?"

'그래?' 되묻는 얼굴로 울피가 한 번 더 어깨를 들썩였다.

"네가 전쟁의 불씨를 들고 여기저기 설치고 다니는데, 그 꼴을 얌전히 보고만 있을 수는 없어. 왜냐하면 우리 부모님은 전쟁으로 죽었거든. 나는 툭하면 실바를 넘보는 타 부족보다 천지 분간 못하고 날뛰는 네가 몇 배 더 위험해 보이거든."

"그만해, 울피."

타이가 두 사람 사이를 막아서고는 몸을 돌려 베아에게로 다가왔다.

"베아, 너를 속인 건 정말 미안해."

금방이라도 울 것 같은 타이를 보며 베아는 도리질 쳤다. 이 엄청난 음모는 결코 미안하다는 한마디로 정리되지 않는다. 그제야 베아는 모든 것이 이해되었다. 타이가 왜 그리 어린아이처럼 징징댔는지, 피프족과 그들의 새 왕을 불신했는지, 사라아에 가까워질수록 왜 그리 초조해하며 불안해했는지. 모든 여정의 순간이 눈앞에 또렷하게 스쳐 지났다.

"나와 함께 다시 실바로 돌아갈 생각을 했다고? 내가 순순히 그러자고 할 것 같았어? 타이, 여긴 잠자리도 불편하고 먹을 것도 없으니까 너무 짜증 난다. 편한 침대와 맛있는 음식이 있는 실바로 돌아가고 싶어. 이렇게 내가 조르고 떼라도 쓸 줄 알았니? 얌전한 꼬마처럼 네 손을 잡고 돌아갈 줄 알았냐고!"

"베아, 그런 뜻이 아니야."

"지금부터 내가 하는 말 똑똑히 잘 들어. 내가 모든 일을 끝내고 실바로 돌아가면 제일 먼저 꼭 해야 할 일이 있어."

언젠가 타이는 장난처럼 말했다. '네가 쿤이 되는 날, 나는 곧바로 처형되는 건가?' 그저 실없는 농담이라 생각했고 괜한 말장난이라 여겼다. 그런데 싱거운 농담이 진짜 현실이 될 것 같은 불길한 예감이 들었다. 그 사실이 깨진 유리처럼 아프게 베아의 가슴을 찔렀다.

"화이거를 반역죄로 처형할 거야."

화이거는 모든 전사에게 솔이자 스승이었다. 아버지 같은 존재였다. 지금까지 믿고 의지하며 수많은 가르침을 받았다. 그러나 베아는 그의 잘 벼린 칼끝이 정작 누구를 겨냥하는지 단 한 번도 상상하지 못했다.

"아니야. 아버지가 너를 해치라고 명령한 게 아니야."

"그래서 거대 뱀에게 쫓길 때 머뭇거렸니?"

타이의 호박색 눈동자가 불안하게 흔들렸다. 그 모습이 한 번 더 베아의 가슴을 베어 냈다.

"정말 일부러…… 그런 거였구나?"

단순히 실수라 생각했다. 타이가 나무 위에 있었을 때 미처 아래 상황을 보지 못했으리라 믿었다. 그런데 아니었다. 타이는 이미 백사의 송곳니가 베아를 물어뜯으려 했다는 사실을 알았다.

"아니야. 베아, 나는……."

"그래. 베아, 네 예상이 맞아. 이제 곧 케이브를 벗어나 사라아를 찾으면 타이가 너를 막을 기회는 영영 사라져. 그럼 결국 너를 벨 수밖에 없어. 제 손으로 하느니 차라리 네가 그 통통한 뱀의 먹이가 되는 쪽이 마음 편하지 않을까."

"부탁이니 제발 입 좀 다물어, 울피! 네가 뭘 알아?"

타이가 소리쳤다.

"적어도 너보다는 이 상황을 정확히 파악하고 있지."

울피가 파란 눈을 반짝이고는 허리춤에서 장검을 꺼냈다. 검은 늑대가 금속성의 소리를 내며 낮게 울었다.

2.

온몸의 근육이 팽팽해지며 머릿속이 새하얗게 변해 갔다. 그러
나 다리는 여전히 말을 듣지 않았다. 평소라면 울피의 공격 따위
충분히 방어할 수 있을 거다. 하지만 지금은 불가능했다. 조금 전
까지 거대 백사에게 쫓긴 데다 발목마저 겹질려서 제대로 서 있기
도, 검을 움켜쥘 힘도 없었다. 울피가 공격해 온다면 그것으로 끝
이다.

"울피, 검 내려."

베아를 온몸으로 막아서며 타이가 으르렁거렸다.

"물론 그럴 수 있어. 우리 셋이 어릴 때처럼 손잡고 다정하게 실
바로 돌아갈 수 있다면 말이야. 그런데 그 계획은 완전히 물 건너
갔잖아. 너도 알다시피 베아는 사라아를 무슨 꿀단지처럼 생각하
고 있어. 맹목적으로 달려든다고. 꿀을 발견한 곰을 무슨 수로 막
겠어?"

울피가 검을 들어 공격 자세를 취했다.

"검 집어넣으라는 말 안 들려?"

타이의 커다란 등이 여리게 꿈틀거렸다. 그 떨림이 분노인지 두려움인지 아니면 슬픔인지 베아는 알 수 없었다.

"너도 똑똑히 들었지? 베아가 실바로 돌아가면 제일 먼저 뭘 한다고 했어?"

"입 닥치고 검 내리라고 했잖아."

"제 아버지를 처형한다는 쿤의 후계자를 보호한다고? 네가 멍청하다는 건 알았지만 정말 이 정도일 줄 몰랐다."

"멍청한 건 너도 마찬가지야. 네가 원해서 여기까지 왔다고? 너야말로 꼭두각시야. 화이거가 네 증오를 교묘히 이용했거든. 그 사실을 너야말로 까맣게 모르고 있어."

타 부족에 대한 원망과 증오의 화살을 베아에게 돌려놓은 사람이 바로 화이거란 사실을 정작 울피는 모르고 있었다.

"내가 모른다는 게 이거였나?"

어떤 경우에도 감정을 내비치지 않던 울피가 처음으로 분노를 드러냈다.

"내가 까불지 말라고 경고했지?"

타이가 몸을 숙여 바닥에 떨어진 검을 집어 들었다. 결국 은호랑이와 검은 늑대는 서로를 마주하고야 말았다.

"마지막 경고야, 울피. 제발, 검 집어넣어. 너는 나한테 안 돼."

울피의 입가에 어린 조소가 사라졌다. 푸른 눈동자에 싸늘한 섬광이 번뜩였다.

"솔의 아드님께서 진짜 검으로 상대해 주신다니, 그 큰 은혜를 마다할 리 있겠습니까. 지금부터 제대로 까불어 보겠습니다."

"너 죽을지도 몰라, 울피."

"그게 네 소원이었잖아."

기합과 함께 울피의 검이 허공을 갈랐다. 고요한 숲속 가득 금속성의 마찰음이 울려 퍼졌다. 숲은 대련장처럼 넓지 않았다. 사방에 빽빽한 나무들과 가시덤불이 가득했다. 검술을 펼치기에 최악의 조건이었다. 그러나 두 개의 날붙이는 조금의 망설임 없이 상대를 파고들었다. 타이의 칼날이 울피의 어깨를 스치자 붉은 피가 흘러내렸다.

"울피, 진정해. 방법이 있을 거야. 그러니까 우선……."

분명 칼에 베인 건 울피였다. 그러나 상처를 입은 쪽은 어쩐지 타이처럼 보였다.

"우선 너를 죽이고 천천히 방법을 생각해 보도록 하지."

새들이 푸드덕 날갯짓하며 하늘로 치솟았다. 놀란 짐승들이 어딘가로 달려갔다. 나뭇가지가 힘없이 잘리고 뿌옇게 흙먼지가 일어났다. 울피의 칼날이 타이의 목을 아슬아슬하게 스쳐 지났다. 정확히 급소만 파고드는 울피와 달리, 타이는 울피의 다리나 팔을 공격했다. 서로의 칼날에 베이고 나뭇가지에 찢긴 상처에서 피가 흘러나왔다. 타이의 공격을 피해 울피가 공중으로 튀어 올라 뒤로 물러섰다. 두 사람의 호흡은 점점 더 거칠어졌다.

베아는 눈앞에 펼쳐진 상황이 도무지 현실로 느껴지지 않았다. 마치 꿈을 꾸듯 몽롱한 기분이었다. 대체 타이와 울피는 왜 이곳에 있는지, 저들은 왜 서로를 죽이려 하는지 머릿속에 뿌연 연기가 찬 듯 아무 생각도 할 수 없었다.

왜 새로운 길은 위험하다고만 할까. 아직 가 보지 않은 길이고, 아무도 만나지 못한 세상이었다. 그 미지의 문 앞에서 두렵고 불안하지 않다면 거짓말일 테지. 하지만 그 두려움을 없애는 유일한 길은 바로 낯선 곳의 문을 여는 것뿐이었다. 베아를 이곳까지 오게 한 진짜 힘은 쿤의 후계자를 증명하고 싶은 욕망이 아니었다. 실바를 떠나 더 넓고 다양한 세상을 경험하고 싶은 순수한 호기심이었다.

비스족과 피프족이 우호적인 동맹을 맺을 수만 있다면 더 풍요로운 세상이 될 수도 있었다. 시도하지 않으면 그 누구에게도 미래는 오지 않는다.

순간 챙 소리와 함께 검이 허공으로 솟구쳤다. 울피의 팔목에서 뚝뚝 피가 흘러내렸다. 결국 타이의 칼끝이 울피의 목을 겨누었다. 드디어 승패가 끝난 것이다. 하지만 그 어디에도 박수나 함성은 들려오지 않았다. 숲을 떠도는 시린 바람만이 두 사람 주위를 잠시 맴돌다 사라졌다.

"말했지. 너는 나한테 안 된다고."

타이가 어깨를 들썩이며 가쁜 숨을 몰아쉬었다. 울피가 쓰러지듯 나무 기둥에 몸을 기댔다. 미간을 일그러뜨리는 것을 보니 뒤늦게 통증이 밀려오는 모양이었다. 손목에서 흐른 피가 울피의 앞섶을 붉게 물들였다.

"그럼 이제 소원을 이룰 시간이야. 목검보다는 힘이 덜 들겠네."

울피의 입가에 한 줄기 흐린 미소가 번졌다.

"제길! 뭐가 그리 잘났어. 내 칼 앞에서는 왜 다들 이 모양이야. 실수했다고, 잘못했다고, 다시 생각해 보겠다고, 그렇게 말해 주면 안 돼? 왜 하나같이 당당한 거냐고! 왜? 대체 왜?"

타이가 괴로운 듯 울부짖었다. 목숨을 구걸하는 사람처럼 울피에게 애원하고 화를 냈다. 그건 절대 승자의 모습일 수 없었다. 울피의 목을 겨누는 타이의 칼끝이 파리하게 떨렸다.

"어렵게 생각할 거 없어. 어차피 너는 베아를 못 막아. 나는 너를 막지 못했고 결국 내 계획은 실패했어. 더는 돌아갈 곳이 없어. 이건 화이거의 명령이 아닌 내 의지야."

"개자식, 너는 끝까지……."

"너 말 길게 하는 거 싫어하잖아. 빨리 끝내자."

베아는 문득 오래전 사냥놀이를 떠올렸다. 숲에서 함께 토끼몰이 하던 어린 시절에도 울피는 감정 없는 목소리로 '한 번에 몰아서 빨리 끝내자.'라며 담담히 말했다. 그때와 조금도 변하지 않았다. 자신의 최후를 맞는 지금 이 순간조차 소름 끼치도록 차분하고 냉철했다.

"내가 널 못 벨 것 같아?"

"말했지? 지금 안 베면 너 반드시 후회하게 될 거야."

"그래. 나도 네 쫑알거리는 소리 더는 못 듣겠으니까, 원하는 대로 해 주지."

타이가 칼자루를 쥔 두 손을 머리 위로 쳐들었다. 곧 날아올 칼날을 기다리며 울피가 가만히 두 눈을 감았다. 칼날이 허공을 가르고 베아의 귓가에 둔탁한 소리가 들려왔다. 나무에 기대어 있던 울피가 힘없이 툭 옆으로 쓰러졌다.

베아가 감은 눈을 뜨고는 힘겹게 마른침을 삼켰다.

"영원히 자라, 이 개자식아."

타이가 제 옷을 찢어 상처 난 울피의 손목을 동여맸다. 그러고는 울피가 허벅지에 찬 칼집에서 두 개의 단도를 꺼냈다.

"이건 압수야."

타이가 풀숲으로 단도를 던졌다. 울피는 단단한 칼자루에 맞아 정신을 잃었다. 베아는 그제야 참았던 숨을 간신히 토해 냈다. 긴장이 풀려서인지 충격 때문인지 여전히 몸을 가누기 힘들었다. 평소라면 타이의 부축을 받겠지만 이제 두 번 다시는 그럴 수 없게 되었다. 쓰러진 울피를 뒤로한 채 녀석이 가까이 다가왔다.

"이제 내 차례야? 나는 기절시키는 것으로 끝내면 안 될 텐데."

베아가 쏘듯이 말했다. 타이가 지친 얼굴로 크게 심호흡했다.

"나 조금 전까지 미쳐 날뛰는 늑대 한 마리 간신히 잠재웠다."

타이의 몸 곳곳에 베이고 찢긴 상처가 가득했다. 그러나 몸에 난 상처보다 더 큰 통증이 베아의 가슴속을 파고들었다.

"솔의 명령대로 나를 베려면 마음대로 해. 안 그러면 내가 케이브를 빠져나가는 걸 막지 못할 거야."

베아가 걸음을 옮겨 타이에게 등을 보였다. 그렇게 빛이 스머드는 길을 향해 힘겹게 걸어갔다. 목숨이 아까웠다면 처음부터 케이브에 오지 않았을 것이다. 몇 번의 죽을 고비를 넘기며 여기까지 왔다. 울피가 그랬듯 베아도 마찬가지였다. 소문을 두 눈으로 확인하기 전에는 절대 돌아가지 않을 테니까. 그럴 바에 차라리 죽음을 선택하는 쪽이 마음 편했다. 그것이 비스족의 전사였고, 왕좌를 물려받을 후계자의 자세였다.

"베아, 잠깐만."

타이가 달려와 앞길을 막아섰다.

"너희 부모님이 역병으로 돌아가신 것도, 많은 사람이 죽은 것도 알아. 안타깝고 너무 큰 비극이야. 하지만 지금의 실바는 평화롭고, 비스족은 실바에서 풍요롭게 살아가잖아. 타 부족과의 전쟁도 끝났고 전사들은 강해. 우리가 굳이 피프족과 동맹을 맺을 필요가 있을까? 네가 생각하고 계획한 대로 일이 안 될 수도 있어. 그러니까……."

"일이 잘 풀릴 수도 있지. 이 죽음의 숲에서 너와 내가 이렇게 살아 있는 게 바로 그 증거니까."

"하지만 베아……."

타이의 황금빛 두 눈동자가 여리게 흔들렸다. 그 속에 쿤의 후계자가 희미하게 아른거렸다.

"세상 모든 결정이 다 좋은 결과만을 가져오지 않아. 결과가 나쁘다고 해서 모든 시도가 다 의미 없는 것도 아니야. 나는 이 여행에서 그걸 배웠어. 내가 케이브에 오지 않았다면 절대 몰랐을 사실이야. 아무도 알려 주지 않았어. 이 모든 건 내가 스스로 터득한 거니까."

베아는 늘 마음 졸였다. 쿤이 자신을 후계자로 선택한 이유를 알지 못해 불안했다. 만약 사라아를 찾는다면 인정받지 않을까? 그 희망으로 시작한 여정이었다.

그러나 더는 아니었다. 후계자의 자격보다 중요한 건 자신의 삶을 개척할 힘이었다. 그 사실을 베아는 죽음의 숲에서 깨달았다.

"베아, 부탁이야. 네 말대로 너는 강해. 그러니까 우리 그만 돌아가자."

"울피의 말이 맞았어."

칼날 같은 베아의 시선이 타이의 황금빛 두 눈에 꽂혔다.

"너는 화이거에게 단단히 세뇌당했어."

"아니야. 나는 너와 무사히……."

"이렇게 모든 것을 경험했는데도 너는 스스로보다 아버지의 말을 더 믿잖아. 어떻게 그럴 수 있어?"

베아는 처음 타이를 만났던 그날이 눈앞에 스쳤다. 겁에 질린 눈으로 베아를 바라보던 꼬마는 결국 커다란 아버지 등 뒤로 숨어 버렸다. 타이는 지금도 여전히 그곳에 숨어 있었다. 단 한 발자국도 나오지 못했고 조금도 자라지 않았다.

커다란 두 손이 양어깨를 움켜잡았다. 울 것 같은 두 눈이 애원하듯 베아를 바라보았다.

"그래. 제발 우리만 생각하자. 피프족과 동맹 따위 잊어버리자고. 너랑 나 그리고 울피 이렇게 셋이 같이 숲에서 놀았던 그때를 떠올려 봐. 정말 행복했잖아. 근심도 걱정도 없는……."

타이가 말을 멈추고는 두 눈을 크게 떴다. 호박색 눈동자에 스치는 두려움을 베아도 놓치지 않았다. 그 뒤로 찰나의 시간이 빠르게 흘러가며 눈앞의 모든 것이 어지럽게 휘돌기 시작했다. 어깨를 잡은 두 손이 베아를 강하게 밀쳐 낸 순간, 작은 금속성의 물체가 날아와 타이의 어깨에 박혔다. 베아의 시야에 반짝이는 푸른색 눈동자가 아른거렸다. 울피가 깨어난 것이다. 하지만 분명 단도는 아니었다. 타이가 멀리 던져 버렸으니까. 울피의 손이 또 한 차례 허공을 가르려 했지만, 그보다 먼저 베아가 단도를 빼내어 손목을 튕겼다. 칼이 날아가 꽂힌 곳은 동그란 과녁도, 나무 기둥도, 먹이를 찾아 나온 토끼도 아니었다. 단도가 날아가 박힌 곳은 바로 사람의 심장이었다.

울피가 풀썩 그 자리에 쓰러졌다.

"아니야, 아니야, 나는……."

두 손이 미친 듯이 떨렸다. 울피를 해치려는 게 아니었다. 생각보다 몸이 먼저 반응했다. 단도를 어떻게 던졌는지, 자신이 진짜 던졌는지조차 생각나지 않았다.

"타…… 타이는…… 타이."

베아가 쓰러진 타이에게로 달려갔다. 타이가 맞은 건 단도가 아니었다.

"뭐야, 이건."

어깨에 박힌 건 별 모양의 작은 표창이었다.

"괜찮아. 아주 작은 거야. 조금만 참아. 내가……."

"건드리지 마. 독이 묻었어."

타이의 얼굴이 창백해지고 입술은 푸르게 변해 갔다. 표창이 박힌 자리가 조금씩 검게 물들었다.

"독?"

누군가를 공격하기엔 너무 작다고 생각했다. 그런데 독이 묻어 있다면 상황은 달라진다. 타이의 얼굴이 고통으로 일그러졌다. 이 고통은 결코 그의 것이 아니었다. 베아를 대신해 그가 죽어 가고 있었다. 도대체 왜? 무엇을 위해?

"안 돼. 타이, 정신 차려. 제발."

"후회할 거라더니…… 결국 이렇게……."

타이의 입에서 왈칵 검은 피가 뿜어져 나왔다.

"아니야, 타이! 제발!"

베아가 타이를 품에 안고 소리쳤다. 지독한 악몽이었다. 울피를 제 손으로 죽이고 타이는 자신의 품에서 죽어 갔다. 빨리 눈을 떠야 했다. 누군가 흔들어 깨워 줬으면, 모든 것이 기분 나쁜 악몽이었다고 말해 줬으면. 그렇게 툴툴 털고 일어나야 했다. 문을 열고 나가면 언제나처럼 히죽 웃는 타이가 있을 거다. 그 옆에서 울피는 여전히 투덜거리겠지.

"베아. 미안해. 역시 나는 너랑 끝까지 못 가겠⋯⋯."

투명한 호박색 눈동자가 멍하니 침엽수 우듬지를 바라보았다. 오랫동안 작은 깜빡임조차 없이 하늘을 향해 있었다. 바람의 손길에 나부끼던 잎들과 유유히 흘러가는 구름과 그 뒤에 몸을 숨긴 태양까지 모든 것이, 모든 시간이 한꺼번에 정지되었다.

"타이!"

깊고 무거운 고요가 검은 숲 가득 부서져 내렸다. 공기가 날카롭고 예리하게 찢겨 나갔다. 아픈 울부짖음이 온 하늘을 뒤흔들었다. 들을 넘어 강을 건너 아득히 먼 곳까지 퍼져 나갔다.

＊

술잔이 미끄러져 바닥으로 떨어졌다. 깊은 갈색 눈동자가 부서진 잔에 오랫동안 머물렀다. 한여름인데도 오한이 든 듯 온몸이 시리고 이마에 미열이 느껴졌다. 떨리는 두 손을 감추려 꽉 주먹을 움켜쥐었다. 가늘게 떨리는 건 어쩌면 심장인지도 몰랐다.

부르인이 자리에서 일어나 창으로 다가갔다. 그렇게 반쯤 열린 창문을 활짝 열어젖혔다. 습기를 머금은 공기가 방 안 깊숙이 밀려들었다. 머지않아 여름 장마가 시작될 것이다.

부르인의 입에서 짧은 신음이 흘러나왔다. 기억이 오래전 어느 한 날로 거슬러 올라갔다.

"왜 저를 후계자로 선택하셨어요?"

어린 베아의 질문에 부르인은 가만히 작은 머리를 어루만졌다.

사실 그 질문의 원주인은 어린 부르인이었다. 그녀도 자기가 왜 쿤의 후계자가 되었는지 이해할 수 없었다.

"네가 남보다 특별해서도 영특해서도 아니었다. 오히려 그 반대였지. 너에게선 숨길 수 없는 두려움이 느껴졌다."

선대의 쿤은 어린 부르인에게 이렇게 말했다. 그 의미가 무엇인지 좀처럼 이해하기 힘들었다. 남들보다 훨씬 겁이 많은 아이를 왜 왕으로 만들려 했을까. 하지만 그 자리에 올라선 후에야 부르인은 비로소 알게 되었다.

두렵고 겁이 많기에 더 많은 것들을 배우려 노력했다. 더 다양한 것들에 관심을 기울였다. 자신의 나약함을 아는 사람은 본능적으로 무엇이 부족하고 어떤 것이 필요한지 부지런히 찾는 법이다. 그 생각은 자신을 넘어 모든 비스족에게로 뻗어 나가게 된다. 부족이 더 나은 삶을 위해 어떤 것들을 시도하고 무엇을 바꿔야 하는지 고민하게 되니까.

강함은 물리적인 힘이나 과한 자신감에서 비롯되는 게 아니다. 선대의 쿤이 부르인에게 가르쳐 준 건 바로 지혜였다. 그녀는 그 두려움을 어린 베아의 눈에서도 읽었다. 베아는 분명 자신의 나약함을 아는 아이였다. 그 약점을 넘어 더 나은 선택을 하게 될 거라 믿었다.

창밖 나뭇가지에 까마귀 한 마리가 날아와 앉았다. 까악 길게 울고는 칠흑같이 까만 눈으로 부르인을 바라보았다. 순간 고이지도 못한 눈물이 툭 떨어져 쿤의 손등을 적셨다.

"무사히 돌아와야 한다."

푸드덕 소리와 함께 까마귀가 날아올랐다. 보이지 않는 칼에 베인 듯 가슴이 쓰렸다. 멀리 한 점으로 멀어지는 한 마리 검은 새를 부르인은 아주 오랫동안 바라보았다.

✳

두 손은 이미 피투성이가 되었다. 하지만 베아는 작은 고통조차 느낄 수 없었다. 그저 땅을 파고 또 팠다. 나뭇가지가 부러지면 다른 나뭇가지로 파다가 단도로 땅을 팠다. 그것마저 여의찮으면 손으로 땅을 파헤쳤다. 해가 졌는지 달이 떴는지 며칠이 지났는지조차 알 수 없었다. 정신을 차렸을 땐 울피와 타이의 모습은 시야에서 사라지고 없었다. 지상에서 영원히. 베아가 단도를 세워 나무기둥에 표시했다. 거대한 나무 아래 두 사람이 잠들어 있다. 그 사실을 평생 잊지 못할 것이다.

'너는 혹시 생각해 본 적 있어? 왜 비스족은 하필 사계의 신들을 배웅하는 축제를 열까? 환영해도 되잖아.'

'감사의 마음이지. 우리가 신들이 떠나는 길을 극진히 대접하면, 그다음 계절의 신에게도 복을 받을 거라잖아. 봄이 여름의 여신에게 가을이 겨울의 여신에게 좋은 이야기를 전해 준다고 했어. 만남보다 헤어짐에 더 큰 예를 갖추고, 시작보다 끝이 중요하다고

배웠으니까. 사람 관계든 일이든 마무리는 늘 신중해야 해.'

정말 이렇게 끝날 수밖에 없었는지 베아는 수없이 자문했다. 그러나 여전히 그 답을 찾지 못했다. 자신이 무엇을 잘못했고, 얼마나 큰 오류를 범했는지 아무것도 떠오르지 않았다. 뻥 뚫린 가슴속으로 사막의 모래바람이 불어왔다. 텅 빈 공간에 싸늘한 분노가 차올랐다. 혹여 이 모든 불행이 새로운 세상에 도전했다는 이유로 내려진 여신들의 벌이자 저주라면, 절대 멈추지 않고 더 강하고 맹렬하게 그 벽에 온몸을 던질 거다.

"미안한데 나는 너희들 마지막 길을 배웅하지 못하겠어."

이제 머지않아 케이브를 벗어난다. 전설의 땅 사라아에 도착하면 피프족의 새 왕을 만난 후에 다시 돌아올 것이다. 만약 그날이 오면 많은 것이 변해 있겠지. 세상은 새로운 모습으로 건설될 것이며 전과는 전혀 다른 삶이 펼쳐질 것이다.

베아가 피 묻은 검을 허리에 찼다. 그러고는 뒤돌아 빛을 향해 혼자 걸어갔다.

3.

　일주일, 아니 열흘이 훌쩍 지났다. 케이브를 빠져나와 정처 없이 앞만 보며 걸었다. "너 방향이나 알고 가냐?" 타이의 환청 뒤에는 "베아가 너냐? 지금 별의 위치를 가늠하면서 동쪽으로 가는 거 잖아." 울피의 비아냥거림이 따라붙었다.

　케이브에서 가져온 비상식량은 오래전에 바닥을 보였다. 열매를 찾으면 닥치는 대로 입에 넣었다. 이름도 모를 풀뿌리를 캐 먹고 선인장을 잘라 수분을 섭취했다. 눈앞에서 커다란 귀를 쫑긋거리는 사막 토끼는 내버려두었다. 토끼를 사냥하려면 단도를 던져야 하는데 베아에게 더는 그 일이 쉽지 않았다. 힘없이 쓰러지던 울피의 얼굴이 자꾸만 환영처럼 아른거렸다. 타이의 황금색 눈동자가 하늘에 매달린 태양처럼 끊임없이 베아를 따라왔다. 가죽신이 해질 때까지 별이 가르쳐 준 길을 따라 걷고 또 걸었다.

　"사라이는 없다고 했잖아. 괜한 힘 빼지 말고 그만 돌아가. 너는 케이브를 빠져나온 것만으로도 충분해."

귓가에 스며드는 환청이 누구의 것인지 알 수 없었다. 타이? 혹여 울피? 어쩌면 자신의 것이라고 베아는 생각했다.

벌써 며칠째 부족은커녕 사람 하나 보지 못했다. 전설의 땅 사라아는 없는 걸까. 이쯤에서 그만 실바로 돌아가야 할까. 그러나 두 다리는 태엽 감긴 목각 인형처럼 계속해서 앞으로만 나아갔다. 이제 왜 사라아를 찾아야 하는지, 피프족을 만나야 하는지조차 생각나지 않았다. 이대로 걷고 또 걷다 사막 같은 들판 어딘가에 쓰러져 한 줌 먼지가 되어도 괜찮을 것 같았다.

물소리를 들은 건 해가 머리 위에 뜨겁게 타오르던 한낮이었다. 케이브를 벗어난 뒤 좀처럼 쉽게 물을 구경하지 못했다. 그래 봤자 작은 연못과 실개천을 찾은 게 전부였다. 그것마저 없었다면 수분 부족으로 이미 오래전에 타이와 울피를 뒤따랐을 것이다.

처음에는 심한 갈증에 환청이 들리는 것이라 믿었다. 그러나 건조한 공기 속에 축축한 습기가 느껴졌다. 굽이쳐 흐르는 물소리가 점점 더 크게 들려왔다.

"강이야." 베아가 풀숲을 헤치고 미끄러지듯 언덕을 내려갔다. 더는 환청일 수 없었다. 비강 가득 비릿한 물 냄새가 스며들었다. 그제야 주변의 식물들이 하나둘 눈에 들어왔다. 바싹 마른 풀들과 뾰족한 가시 선인장이 듬성듬성 나타났던 사막과 달리, 초록으로 펼쳐진 들판에 나무와 색색의 꽃들이 즐비했다. 물이 풍부한 지역이 틀림없었다.

강 주변으로 무성하게 자란 가시덤불에 팔과 얼굴이 찢기고 베였다. 그러나 베아는 아무런 감각을 느끼지 못했다. 머릿속에는 온통 물과 물 그리고 물뿐이었다. 가시덤불을 헤치고 나오자 눈앞에 진짜 강이 흐르고 있었다. 저 안에 영혼을 훔쳐 가는 인어가 있다고 해도, 송곳니가 황소 뿔만 한 거대 백사가 아가리를 벌린 대도 상관없었다. 이곳에서 생을 마감한다면 가시 선인장처럼 바싹 마르는 것보다 시원하게 물을 마시고 죽는 편이 나을 터였다.

베아가 허리에 찬 장검을 벗어 풀숲에 던졌다. 그러고는 미친 듯이 강으로 달려가 온몸을 날렸다. 시원하고 청량한 느낌에 저절로 "아!" 소리가 터져 나왔다. 얼굴의 모든 구멍으로 한꺼번에 물이 밀려들었다. 쉼 없이 콜록거리면서도 그 차가운 느낌이 싫지 않았다. 절대 싫을 수가 없었다. 맑은 강물이 퍼석하게 말라 가는 심장까지 깊게 스며들었다. 금방에 바스러질 것 같던 몸과 마음이 촉촉하게 젖었다.

'강은 잔잔할수록 위험하다. 그 속에 무엇이 있는지 알 수 없으니까. 수면이 고요하다 해서 그 아래도 같은 속도로 흘러간다 생각지 마라. 강은 제 안에 휘몰아치는 소용돌이를 태연한 얼굴로 감추곤 한다.'

강에는 함부로 들어가지 말라는 경고였다. 그것은 전사들의 수장 화이거의 가르침이었다.

"강은 화이거 당신을 닮았군요."

잔잔한 겉모습 속, 그 깊은 내면에 이토록 무시무시한 배신이 휘몰아치고 있을지 누가 상상이나 했을까. 화이거의 마음속으로 들어가기 전에는 절대 알지 못할 것이다.

베아가 팔다리에 힘을 빼고 유속이 느린 물길에 몸을 맡겼다. 비로소 눈부신 파란 하늘과 깃털 같은 구름이 두 눈 가득 들어왔다. 이렇게 넓고 맑으며 깊은 강이 흐르는 곳이라면, 더불어 주위에 울창한 숲과 산이 성벽처럼 둘러싸고 있다면 사람이 살기에 최적의 땅이었다.

"한가하게 헤엄이나 치려고 먼 곳까지 온 거야? 베아, 강이라면 실바에도 있어."

수면을 어루만지는 바람의 손길 속에 울피의 투덜거림이 섞여 들었다.

"방금 죽다 살아난 애한테 그런 소리가 귀에 들어오겠냐?"

타이의 장난기 가득한 목소리도 함께 들려왔다. 이제 이 환청이 어디서 비롯되는지조차 중요치 않았다. 그저 모든 것이 피곤했다.

베아가 하늘에 시선을 둔 채 천천히 헤엄을 치는데 풀숲에서 바스락 소리가 들려왔다. 동시에 물살에 흘러가던 온몸이 팽팽해졌다. 풀숲을 뒤흔들 정도로 강한 바람은 불지 않았다. 베아가 입에 남은 물을 꿀꺽 삼켰다. 잠시 뒤 풀숲에서 빠끔히 고개를 내민 건 흑색과 갈색의 아기 곰 두 마리였다. 솜을 뭉쳐 놓은 듯 귀엽고 작은 곰들이 까만 두 눈으로 베아를 바라보았다. 태어난 지 얼마 되지 않은 새끼들의 앙증맞은 모습에 베아의 입가에 절로 미소가 그려졌다.

"너희도 더워서 수영하러……."

그러나 미소는 오래가지 않았다. 아기 곰들 뒤로 거대한 그림자가 드리워졌다. '아차!' 싶었지만 이미 늦어 버렸다. 작은 새끼들 주위에는 분명 어미가 있을 텐데 당연한 사실을 그만 잊고 말았다. 새끼보다 커다란 앞발이 우지끈 소리를 내며 나뭇가지를 짓밟았다. 어미 곰의 두 눈이 꿰뚫듯 베아를 바라보았다. 만약 어미의 목표물이 된다면 도망가는 건 의미 없는 짓이었다. 빠르게 헤엄치는 물고기를 한 방에 낚아채는 맹수였다. 헤엄치려 버둥거려 봤자 등 뒤에 창보다 굵고 날카로운 발톱이 꽂힐 거다. 새끼를 데리고 있는 어미였다. 움직이는 모든 것이 위험으로 보이겠지.

"나 아직 죽다 살아난 것 같지 않은데?"

이 와중에도 헛소리가 나온다는 게 우스웠다. 베아의 시선이 강둑에 벗어 놓은 장검에 닿았다. 검을 쥔다 해도 거대한 곰 앞에서는 장난감에 불과했다. 이제 베아의 목숨은 전적으로 어미 곰이 무슨 결정을 하느냐에 달려 있었다.

"네 아기들 정말 예쁘다. 나는 그냥 사라아를 찾으러 온 거야. 보다시피 사냥을 해 봤자 별로 먹을 것도 없어. 있잖아, 혹시 주위에 나처럼 생긴 인간들을 본 적 있니?"

어미 곰이 크게 울부짖었다. 덕분에 거대 뱀만큼이나 크고 날카로운 송곳니만 구경하고 말았다. 그 울음소리에 놀란 고기 떼들이 빠르게 헤엄쳤다. 물살이 뒤틀리고 귓속까지 멍해졌다. 녀석은 이 강의 주인이자 왕이 틀림없었다.

"미안해. 너를 자극하려던 건 아니었어."

차라리 가만히 있는 편이 나을 텐데. 베아는 괜한 말을 건넨 자신이 미쳤다고 생각했다. 타이와 울피의 환청이 들리는 건 분명 머릿속 어딘가가 단단히 고장 났기 때문이리라.

어미 곰이 강가로 한 발 가까이 다가왔다. 새끼들은 이제 자신의 어미가 곧 한 인간의 삶을 완전히 끝낼 것이란 계획도 모른 채 천진하게 뒤엉켜 놀았다. 어미의 뒤를 이어 왕이 될 새끼들을 보자, 베아의 눈앞에 부르인의 모습이 스쳐 지났다.

어미가 강을 향해 다시 한 걸음 다가왔다. 베아는 모든 것을 포기했다. 그러자 오히려 팽팽했던 온몸에 힘이 풀리며 창백한 얼굴에 슬며시 미소가 번졌다.

까맣고 커다란 두 눈이 가만히 베아를 바라보았다. 불어오는 바람 속에 낯선 냄새가 섞여 들었을 거다. 어미는 그것으로 베아를 파악했다. 그렇게 잠시 인간을 바라보던 어미 곰이 뒤엉켜 노는 새끼들에게로 고개를 돌렸다. 크롱 낮은 경고를 한 뒤 천천히 걸음을 옮겨 산 쪽으로 방향을 틀었다. 어울려 놀던 두 마리 흑색과 갈색 꼬마들이 뒤늦게야 어미를 쫓아 달렸다.

금방이라도 송곳니를 드러내며 달려들 줄 알았는데, 숲의 왕은 무슨 생각인지 베아를 남기고 조용히 사라졌다. 지금이라도 빨리 강을 벗어나야 하는데 베아는 넋 빠진 얼굴로 두 눈을 느리게 끔뻑였다. 모든 것이 꿈인 듯 현실 감각이 사라졌다.

그런 베아를 깨운 건 다시 돌아온 새끼 곰들이었다. 짧은 다리로 열심히 어미를 쫓아가더니 어느 틈에 나타나 베아의 장검 집을 입에 물고는 질질 끌고 갔다.

"야! 안 돼. 그거 위험해. 먹는 거 아니야."

당장이라도 쫓아가 검을 낚아채야 했지만 베아는 지금 큰 소리조차 낼 수 없었다. 언제 어디서 거대한 곰이 나타날지 알 수 없으니까. 다시 한번 숲의 왕과 마주치는 날에는 이 세상과는 영원한 안녕이었다. 베아는 검을 물고 사라지는 어린 새끼 곰들을 바보처럼 바라보았다.

얼마쯤 시간이 지났을까. 잠시 주위를 살피던 베아가 조심스레 강에서 걸어 나왔다. 전사에게 검은 목숨과도 같았다. 중요한 것을 도둑맞고도 아무것도 할 수 없다니 괜스레 자존심이 상했다. 어쨌든 새끼들은 금세 흥미를 잃을 것이다. 먹을 수 있는 것도, 재미있는 장난감도 아닐 테니 도중에 버릴 게 분명했다. 베아가 물기를 털어 내고 곰 가족이 사라진 산을 향해 천천히 움직였다.

산등성이를 오르는 동안 축축하게 젖었던 머리와 옷이 모두 말랐다. 울창한 숲이 강한 햇빛을 막아 줘 다행이었지만 뒤늦게 여기저기 긁히고 찢긴 상처가 쓰리고 아려 왔다.

뒤를 쫓으면 머지않아 풀숲에 버려진 검을 발견하리라 믿었다. 새끼들이 끌고 가기엔 제법 크고 무거울 테니까. 어미는 먹지도 못할 기다란 쇳덩어리에 관심 없을 테지. 그런데 좀처럼 검은 보이지 않았다. 기어이 보금자리까지 끌고 갔는지도 모를 일이었다. 베아가 쓰러진 나무 기둥에서 자라는 버섯을 따서 입에 넣었다.

쫄깃한 식감에 은은한 향이 입안 가득 퍼졌다. 타이나 울피가 봤다면 제대로 확인도 안 하고 입에 넣었다며 적잖은 잔소리를 했을 거다. 하지만 베아는 더는 두렵지 않았다. 모든 것이 강물처럼 조용히 흘러가게 내버려두었다. 이 숲이 베아를 거부한다면 독버섯을 건넬 것이요, 아니라면 주린 배를 채울 수 있는 음식을 내어 줄 테니까.

사라아도 마찬가지였다. 베아가 전설의 땅을 발견할 수 있는 존재라면 반드시 눈앞에 나타날 것이다. 하지만 우선은 잃어버린 검을 찾는 것이 시급했다. 두 마리 새끼 곰이 어디로 갔을까 생각하는 동시에 어미 곰과 만나지 않도록 주의를 기울여야 했다. 사실 이 두 가지 중 베아가 할 수 있는 건 그저 울창한 숲길을 걷고 또 걷는 게 전부였다.

"검까지 잃어버리고 잘하는 짓이다. 그 검은 비스족의 왕을 상징하는 거야. 황금 곰을 지닐 수 있는 건 오직 왕뿐이니까."

타이인지 울피인지 알 수 없었다. 하지만 베아는 고개를 내저었다. 검을 되찾으려는 건 단지 무기가 필요하기 때문이었다. 쿤의 상징인 황금 곰 따위 더는 중요치 않았다.

"그런데 왜 아직 사라아에 미련을 못 버리는 거야?"

"너희 때문이야."

베아가 나직이 중얼거렸다. 소중한 친구를 두 명이나 잃었다. 둘의 죽음이 헛되지 않도록, 돌아가 화이거의 목에 칼을 겨눌 수 있도록 마지막까지 최선을 다해야 했다. 쿤의 후계자로서 비스족의 번영을 위함도 아니었다. 베아는 자신의 두 눈을 통해 이 여행의 끝에 무엇이 있는지를 타이와 울피에게 기필코 보여 주고 싶었다.

완만했던 산등성이 서서히 가팔라졌다. 두 다리에 점점 더 힘이 들어갔다. 생각보다 깊고 높은 산이었다. 검을 찾는 건 차치하더라도 정상에 올라 주위의 지형을 살피고 싶었다.

얼마쯤 올랐을까. 멀리 산 정상에서 무언가가 계속해서 반짝거렸다. 밤도 아닌 대낮이니 분명 횃불은 아닐 것이다.

"정체가 무엇인지 알고 싶으면 직접 가 봐야지."

그 일념 하나로 여기까지 왔다. 그러니 이번에도 반짝이는 저 빛이 무엇인지 직접 확인해야 했다. 베아가 정상을 향해 빠르게 발을 놀렸다.

"뭐야, 이건."

산 정상에 있는 건 거대한 나무였다. 기묘한 생김새와 서로 다른 빛깔의 나뭇잎은 실바와 케이브에서도 본 적이 없었다. 기둥은 비스족 전사 열 명이 감싸안아도 모자랄 정도로 굵고, 높이는 우듬지가 잘 보이지 않을 정도로 하늘을 향해 솟아 있었다. 이렇게 거대한 나무가 산 정상에 있다는 것 자체가 이상했다.

"빛이야."

가을도 아닌데 나무는 마치 단풍이 든 듯 색색으로 물들었다. 초록과 연노랑, 진갈색과 검붉은 잎들 사이에 반짝이던 그 빛이 아른거렸다.

"어! 어! 찾았다."

울창한 나뭇잎 사이에서 반짝이는 건 잃어버린 검이었다. 장식된 황금 곰이 햇빛에 반사되어 눈부시게 빛났다. 베아가 잠시 두리번거리며 주위를 살폈다. 다행히 두 마리 새끼 곰과 어미는 보이지 않았다.

"아니, 저걸 왜 저기에 올려놔?"

검은 나뭇가지 사이에 걸려 있었다. 괘씸하면서도 엉뚱하고 또무는 힘이 대단한 아기 곰들이라 생각했다. 한참을 나무 위를 바라보다 베아가 빠르게 중얼거렸다.

"타이, 엎드려. 나 저 위에 올라가……."

목소리는 불어오는 바람 속에 흩어져 버렸다. 습관처럼 튀어나온 이름 뒤에 들려야 할 대답이 더는 나오지 않았다. 그 뼈아픈 사실을 또 잊고 말았다. 베아의 입가에 시린 미소가 지나갔다.

"이제 정말 나 혼자구나."

베아가 탁 두 손을 맞부딪쳤다. 여기까지 혼자 왔으니 검을 찾으러 혼자 나무에 올라야 했다. 그렇게 나무 기둥에 가까이 다가서는 순간 "비켜!" 외마디 비명이 들려왔다. 이번에도 환청인가 생각하는데 머리 위에서 우수수 나뭇잎이 떨어지더니, 뒤이어 털썩 무언가가 눈앞에 착지했다.

"깔아뭉갤 뻔했잖아."

넋이 빠진 채 베아가 두 눈을 느리게 끔뻑였다. 눈앞에 보이는 건 절대 환시일 수 없는, 겉모습만은 베아와 똑같은 인간이었다.

"누구……."

과연 이 질문이 옳은 것인지는 알 수 없지만 베아는 더듬었다. 갑자기 나무 위에서 뛰어내린 존재가 진짜 사람인지조차 의심스러웠다.

베아의 시선이 찬찬히 위에서 아래로 움직였다. 흑진주처럼 까만 머리는 어깨를 덮을 만큼 길고 풍성했다. 잡티 하나 없이 새하얀 얼굴에 커다란 흑갈색 눈동자가 반짝였다. 팔다리가 길쭉하고 호리호리한 체형에 잠자리 날개처럼 하늘하늘한 옷을 입고 있었다. 전체적으로 근육이 발달한 비스족과는 다른 외형을 지녔다. 선이 여린 모습이 남자인지 여자인지조차 구분되지 않았다. 단순히 겉모습만 보자면 비슷한 또래 같았다.

"그런 그쪽은 누구?"

목소리는 확실히 남자였다. 그것을 증명하듯 말할 때마다 목울대가 움직였다.

"어! 그건 내 검인데?"

베아의 눈빛이 검은 머리가 손에 쥔 칼자루에 닿았다. 한동안 물끄러미 황금 곰을 응시하던 그가 "이거 찾으러 왔어?" 물으며 베아에게 검을 넘겼다. 낯선 상대에게 순순히 무기를 건네는 모습이 순진하다고 해야 할지, 미련하다고 해야 할지 알 수 없지만 어쨌든 베아에게는 감사한 일이었다.

"고마워."

베아가 허리에 검을 차며 가볍게 고개를 숙였다. 상대에게 목례를 하는 건 당신을 공격하지 않겠다는 의미였다.

"못 보던 얼굴인데?"

검은 머리가 말했다.

"사라아를 찾고 있어."

베아의 한마디에 검은 머리의 길고 풍성한 속눈썹이 살짝 움직였다.

"혼자?"

"혼자가 됐지."

이 말에 의미를 저 신비한 모습의 아이는 결코 모를 것이다.

"사라아는 누구도 찾을 수 없는 전설의 땅이라 하지 않았나?"

검은 머리가 팔짱을 끼고 왼쪽으로 고개를 갸웃했다. 결국 이곳에서마저 사라아는 소문으로밖에 만날 수 없는 걸까.

"피프족의 새 왕이 사라아를 찾았다고 했어. 나는 그를 만나고 싶어."

"그 얘기만 듣고 여기까지 왔다고?"

마른 입술을 달싹이다 베아는 이내 고개를 내저었다. 이곳에서조차 알 수 없다면 더는 할 얘기가 없었다.

"검을 찾아 줘서 고마워. 그만 가 볼게."

돌아서는 베아의 등 뒤에서 검은 머리가 소리쳤다.

"피프족의 새 왕을 만나서 뭘 어쩌려고?"

산길을 내려가던 발걸음이 주춤 멈춰 섰다. 베아가 검은 머리를 향해 몸을 돌리고는 잠시 흑갈색의 커다란 두 눈과 마주했다.

"동맹을 맺어서 각 부족이 원하는 이득을 취하려고 했어. 피프족에게 없는 게 우리는 있고, 우리에게 필요한 기술을 그들이 가지고 있을지도 모르니까."

베아가 말을 멈추고 짧게 도리질했다. 이런 이야기를 왜 저 낯선 아이에게 하는지 알 수 없지만, 생각보다 먼저 목소리가 튀어나왔다.

"그런데 이젠 그런 게 더는 중요치 않아."

"왜?"

검은 머리가 한 걸음 가까이 다가왔다. 베아가 눈을 들어 하늘 끝까지 뻗은 거대한 나무를 올려다보았다.

화이거는 아들을 강한 전사로 키우려 했지만 결국 자신의 꼭두각시로 만들었을 뿐이다. 울피는 타 부족을 모두 적으로 돌리는 길만이 전쟁으로 죽은 부모를 위하는 일이라 생각했다. 그리고 그 증오를 누군가에게 교묘히 이용당했다. 두 사람의 결과는 너무 끔찍하고 잔인했다. 명령을 따르고 신념을 지키기 위해 맹목적으로 달렸는데 남는 것은 오직 허무뿐이었다.

"그냥 묻고 싶어. 그런 거 없이도 우리와 친구가 될 수 있는지."

쿤의 후계자도 최고 전사가 무엇인지도 모르던 시절, 베아와 타이, 울피는 서로에게 원하거나 바라는 것이 없었다. 각자의 위치가 어디인지, 무엇을 목표하는지도 몰랐다. 할 수만 있다면 다시 그때로 되돌아가고 싶었다. 앞으로 두 번 다시 그 시절로 갈 수 없다는 사실이 보이지 않는 단도가 되어 베아의 목을 찔렀다.

바보 같고 어리석은 질문이라고 해도 상관없었다. 베아는 피프족의 새 왕에게, 아니 세상에게 묻고 싶었다. 오래전 그날처럼 서로에게 온전한 친구가 될 수 있는 그런 날이 다시 올 수 있는지를 말이다.

"물론 그 전에 내가 어떻게 될지 모르지만."

베아가 어깨를 으쓱하며 싱겁게 웃었다. 바람이 불어와 색색의 나뭇잎들을 깨웠다. 햇빛에 반사된 잎들이 보석처럼 반짝였다.

"신의 나무야. 나에게 무언가 말하고 있어."

검은 머리가 허공에 손을 올리자 바람이 조금 더 강하게 불어왔다.

"돌아가기 전에 보여 줄 게 있어."

따라오라는 눈빛을 남긴 채 검은 머리가 뒤돌아 걸음을 옮겼다. 나뭇잎을 흔들던 바람이 등 뒤에서 불어와 베아를 조금씩 앞으로 밀었다. 베아는 바람의 손길에 떠밀려 주춤주춤 검은 머리를 따라 걸었다. 그렇게 신의 나무라 불리는 곳을 지나 벼랑 끝에 다다른 순간 베아는 "헉!" 하고 숨을 들이마셨다.

"사라아야. 신의 나라지."

벼랑 아래에 펼쳐진 건 넓은 강과 푸른 산에 둘러싸인 기름진 땅이었다. 그곳에 부족들의 마을이 있었다. 그토록 찾아 헤매던 사라아, 피프족의 새 보금자리가 발아래 아름다운 그림이 되어 펼쳐졌다.

"나의 백성들 피프족이 사는 곳이야."

그 한마디에 베아의 암갈색 눈동자가 터질 듯 크게 부풀어 올랐다. 베아의 눈동자를 읽은 듯 검은 머리 소년이 엷게 미소를 지었다.

"너는 비스족이지? 그리고 왕의 후계자야."

"그걸 어떻게?"

소년의 눈동자가 베아의 허리에 찬 검에 닿았다.

"곰은 비스족의 상징이야. 황금 곰은 왕을 뜻하지. 아무나 쉽게 지닐 수 없어. 그런데 그 검을 가지고 있다는 건, 네가 왕이거나 적어도 왕의 후계자란 의미지."

소년은 이미 알고 있었다. 베아가 어디서 왔고 누구인지 모두 꿰뚫었다. 그렇기에 순순히 검을 건네준 것이다.

"정식으로 소개하지. 나는 피프족의 탄인 카이야."

비와 바람과 구름을 움직이는 영험한 힘을 가지고 있고, 연약한 피프족을 이끌어 죽음의 숲을 건너온 자. 새로운 지혜로 세상을 다스리는 자. 탄을 드디어 만났다. 베아가 천천히 카이를 향해 한쪽 무릎을 꿇었다.

"인사드립니다. 저는 비스족 쿤의 후계자인 베아입니다."

전설로만 내려오던 신의 나라 사라아가 발밑에 있었다. 소문만 무성하던 피프족의 새 왕 카이가 눈앞에 있었다. 신의 나무가 우수수 소리를 내며 몸을 떨고, 바람이 부드럽게 갈색 머리카락을 어루만졌다.

"신의 나무가 전해 줬어. 검은 수정 아래 보름달을 가진 이가 눈을 떴다고. 열 개의 태양과 일곱 개의 달이 지면 보름달은 이내 칼날 같은 초승달로 변하게 된다고 했어."

베아가 자리에서 일어나 카이와 마주했다. 피프족의 왕이 베아의 눈 밑 초승달 모양의 상처를 오랫동안 바라보았다. 새로운 세대를 이끌 새 왕이 이곳에 서 있었다. 지금 이 순간부터 또 다른 전설이 시작되었다. 베아의 귓가에 천하를 울리는 범의 포효가 들려왔다. 적월의 밤, 늑대의 하울링이 길고 아프게 울려 퍼졌다.

작가의 말

베아의 모험에 함께해 주신 당신께 깊은 사랑과 감사를 드립니다. 책 속 여정이 어떠셨는지 궁금합니다. 혹시 "이 이야기 어쩐지 익숙한데!" 하는 느낌은 없으셨나요?

베아(bear)와 타이(tiger)가 죽음의 숲 케이브(cave)에 들어갑니다. 베아는 그곳에서 마늘꽃 열매만 먹네요. 케이브를 빠져나온 후에는 하늘에서 내려왔으며 바람(風), 비(雨), 구름(雲)을 다스릴 수 있다는 새 왕을 만납니다. 피프족의 탄과 비스족의 쿤이 동맹을 맺으면 세상은 '탄쿤'이 다스리는 나라가 되지 않을까요.

자! 이제 '베아'의 모티브가 무엇인지 눈치채셨겠지요.

하지만 이 이야기의 근원이 무엇인지는 전혀 중요치 않습니다. 저는 그저 베아의 모험을 함께 즐겨 주셨기를 간절히 바랄 뿐입니다. 그리고 만약 당신의 마음속에 시작의 두려움, 실패의 공포가 서려 있다면 그건 바로 '도전'의 증거라는 사실을 잊지 마세요. 어두컴컴한 동굴을 지나면 반드시 새로운 세상이 열립니다.

저는 방금, 죽음의 숲만큼이나 무시무시한 출간의 숲을 통과했습니다. 이토록 어렵고 험난한 여정을 함께해 주신, 김아름 편집자님을 당신께 꼭 소개해 드리고 싶네요. 편집자님의 빛나는 펜은

246

정녕 검보다 날카롭고 예리했으며 눈부셨습니다.

이제 베아의 모험은 모두 끝이 났습니다. 지금부터 저는 당신이 떠날 새로운 모험을 기다립니다. 그 길이 마냥 평탄치만은 않겠지요. 험난하고 가파르며 칠흑같이 어두울 수도 있습니다. 그럴 때면 가끔 쉬어 가도 좋지 않을까요. 멍하니 앉아 아무 생각 없이 타닥타닥 타오르는 모닥불을 보는 시간도 필요할 것 같군요. 저 역시 머지않아 또 다른 길 위에 올라설 겁니다. 그렇게 새로운 모험을 시작하겠지요.

지금부터 나와 당신, 우리는 서로의 모험과 활약을 온 마음 다해 응원하기로 합시다. 하여 저는 진심으로 바랍니다. 당신의 길 위에 부디 행복하고 신나는 일들만 가득하기를요.

2024년 가을의 끝에서 이희영

텍스트**T** 012

베마

초판 1쇄 발행 2024년 12월 5일 **초판 2쇄 발행** 2025년 1월 2일

글 이희영
펴낸이 최순영

편집 김아름
키즈 디자인 팀장 이수현
디자인 진예리

펴낸곳 ㈜위즈덤하우스 **출판등록** 2000년 5월 23일 제13-1071호
주소 서울특별시 마포구 양화로 19 합정오피스빌딩 17층
전화 02)2179-5600 **내용문의** 02)2179-5707
홈페이지 www.wisdomhouse.co.kr **전자우편** kids@wisdomhouse.co.kr

ⓒ 이희영, 2024

ISBN 979-11-7171-309-7 43810